JN103550

馬場朝子 編訳

俳句が伝える戦時下のロシア

ロシアの市民、8人へのインタビュー

現代書館

はじめに

二〇二二年二月二十四日、ロシアが突然ウクライナに侵攻、戦争がはじまりました。長年、ソ連・ロシアと関わってきた私にとって、思いもよらないことでした。

私はソ連時代にモスクワの大学に六年間留学し、帰国後はＮＨＫでソ連、ロシアのドキュメンタリーを四十本ほど制作してきました。

半世紀にわたって関わってきたロシアの許されない蛮行に言葉も出ませんでした。すぐにロシア、ウクライナ双方の友人、知人たちに連絡をとりましたが、皆、信じられないと呆然としていました。かつて一つの国だったロシアとウクライナの戦争は、親戚や友人が敵味方で戦うことを強いられる悲惨な戦争です。すぐに終わるのではないかとのかすかな希望も叶わず、戦争はいまも続いています。

そんな中、ロシアの友人が俳句を一句、送ってくれました。

「ヘリ低く　飛びて不安の　風吹きぬ」

その句には日々の暮らしの中での友人の心配と恐れがこめられていました。このような状況の中で、ウクライナそしてロシアの俳人たちは何を感じ、何を俳句に詠んでいるのか、そもそも俳句を詠み続けているのか、双方の俳人たちに取材を試みようと思いました。

ロシアで俳句？

意外かもしれませんが、実はソ連時代から俳句は親しまれています。五、七、五の世界最短の定型詩は、一九三五年、ソ連時代に「おくのほそ道」が翻訳され、学校で俳句が教えられることもありました。

ソ連崩壊後はインターネットでも交流が進み、さまざまな俳句サークルも誕生し、俳句ブームが起きました。モスクワでは日本の国際交流基金主催の「国際ロシア語俳句コンクール」も開催され、本格的な俳人たちも育ってきました。日本で開かれる国際俳句コンクールにもロシアやウクライナの俳人たちが多く参加し入賞しています。

ロシアやウクライナだけでなく、いまや世界中に俳句愛好者がいます。日本では五、七、五の一七音ですが、英語やロシア語では母音と子音を組み合わせた音節で五、七、五を数えます。三行で書かれることも多く、「三行詩」とも呼ばれます。しかし、日本でも字余りがあるように、必ずしも五、七、五ではありません。季語がないこともあります。その自由さや手軽さが世界中の人びとを惹きつけています。

ロシアとウクライナの俳人へのインタビュー

ロシアとウクライナでどのように俳人たちを探せばいいのか、まず「日露俳句コンテスト」を主宰してきた秋田国際俳句・川柳・短歌ネットワーク事務局長である蛭田秀法《ひるたひでのり》さんの協力を得て、過去の日本での俳句コンクール参加者にネットで呼びかけました。また、ロシア、ウクライナのリサーチャーにも依頼して俳人探しを進めました。数か月かけて、ロシアで十人、ウクライナで八人の俳人たちと連絡がとれ、俳句を送っていただくことができました。

送っていただいた俳句には、戦争の日々を生きている人にしか詠めない、戦争のリアルと深い悲しみが綴られていました。

この句を詠んだ方々の話を聞いてみたい、句にこめられた思いを伝えたいと、NHK、ETV特集では番組の制作を開始しました。現地を訪れることは困難な状況でしたので、リモートでインタビューしたい旨を皆さんに伝えました。

はたして、困難な状況にある俳人たちが話を聞かせてくれるのか不安でしたが、インタビューを依頼すると、ウクライナから七名、ロシアから八名の方々が応じてくださいました。そして率直に戦争についての体験や思いを語ってくれたのです。それをまとめてETV特集「戦禍の中のHAIKU」を放送しました（二〇二二年十一月十九日）。

しかし、一時間という番組の中では、寄せていただいた俳句とインタビューの一部しか紹介できませんでした。そこで番組で紹介できなかった俳句やインタビューを含めて本書をまとめました。

俳句の翻訳にあたっては、原語になるべく忠実であることと日本の俳句特有のリズムを表現することを目指しました。

なお、ロシアの俳人たちのインタビューに出てくる地名等につきましては、話者の母語がロシア語であることに配慮し、その発音にしたがって訳しました。

本書では、まずロシアの俳人の俳句とインタビューを紹介しています。

ウクライナの俳人の俳句とインタビューは追ってまとめる予定です。

戦時下に生きるロシア市民の小さな声

ロシアでは、日々言論統制が厳しくなってきています。まず独立系メディアが閉鎖されフェイスブックも禁止、反戦活動も表立ってはできません。そんな中で人びとは何を考えているのか。より厳しい言論統制があったソ連時代、人びとの思いは、歌や詩などの中に密かに暗喩や皮肉をこめて表現されてきました。

そしていま、同じように文芸の中に彼らは日々の鬱屈した思いをこめています。俳句はその短さ、言い切らない形、読者の想像に委ねる余地が多いゆえに、表現がしやすく、気持ちをこめることができるのです。

二〇二二年の夏から秋にかけて行った、ロシアの俳人たちへのインタビューは、大変微妙なものでした。ロシアでは侵攻後、新しい法律ができ、たとえば、ウクライナへの侵攻を「戦争」と呼ぶことも禁止されています。政府は今回の侵攻を「特別軍事作戦」と規定しているからです。日本からのインタビューに応えること自体、リスクを伴います。

そんな中で、率直ないまの思いを聞きたい、しかし応えてくれる方々の安全が最も大切というジレンマの中、手探りでインタビューを進めました。

番組が日本で放送されることを了承していただいたうえでのインタビューでしたが、ロシアの俳人の方々は、本当に真摯にいまの正直な思いを話してくれました。書籍化についても再度承諾の問い合わせをしましたが、全員承諾していただけました。もし私が同じ立場だったらどうするだろうと何度も考えました。強い信念を持って話していただいた方々に、深く感謝と尊敬の思いを抱きます。

ロシアの俳人の氏名表記については、戦争の今後の展開が不透明なこともあり、編集部の判断でファーストネームのみの記載といたしました。

戦争は、攻められた国に塗炭の苦しみを与えています。一方で、侵攻した国に住む人びとも、その苦しみから逃れることはできません。ロシアの俳人たちの話を聞き、戦争というものの非人道性をあらためて突きつけられた思いがしました。

本書に収められているのは、ロシアのさまざまな地域に住む普通の人たちの小さな声です。驚き、後悔、罪悪感、絶望、そんな声を遠い日本に住む私たちに届けたいと話してくれました。

ロシアのウクライナ侵攻は決して許されない戦争です。しかしほとんど伝えられることのない、ロシアに住む普通の人たちの声、その思いが凝縮された俳句に、耳を傾けていただきたいと思います。

二〇二三年二月

馬場朝子

俳句が伝える戦時下のロシア＊もくじ

はじめに——1

ナタリア——教会の鐘響くモスクワの町で——17

俳句は小さな器——19
戦争があっても続く「子ども時代」——22
戦争か平和か、トルストイの問い——26
何が起きているのか、知っている——28
自分をケアすること——30
カラスの沈黙の行方——33
俳句は私の大きな力——36

アレクセイ——情報戦の渦中で——43

アメリカで俳句と出会う——45
ニンニクが発する警告——47
痣で感じる戦争のリアル——49
情報戦争への対処法——52

クリミアで俳句を詠む　58
芭蕉と一茶の句の美しさ　60
ロシアの文化と日本の文化　62
俳句で瞬間を摑む　66

ニコライ──国境近くの町クラスノダールで　69
俳句が私を作ったのです　71
これは大きな痛みなのです　74
簡単な言葉が共存を生む　78
空港は閉鎖されています　80
生命線に貝を置く　82
より良い未来を信じたい　85

バレンチナ──チェーホフの故郷の町で　89
俳句が私の第二の人生　91
科せられた制裁の下で　94

クリミアへの思い、ウクライナへの思い――96
核の脅威と文化のキャンセル――98
もうソ連には戻れない――101

オレク――古都コストロマの森で――105

不幸の予感はありました――107
ウクライナの大地に対して――112
この出来事の強い引力――115
分断がもたらす「前線」――117
言論統制下でのそれぞれの選択――120
戦勝記念日の夜に――124
核という脅威――125
翼があったら飛んでいく――127
兵士を見送る朝に――130
森に、孤独を探して――134
将来を楽観することはできない――136

イリーナ——北の湖沼の町で 141

生き延びるための俳句 143
あらゆる軍事活動は恐ろしいです 147
つらい気持ちを俳句に 150
小さい命が私のすべて 152

レフ——芸術の街サンクトペテルブルクで 155

ロシアと日本の共通感覚 157
広島と長崎を詠む 161
私たちは「瓶の魚」、安全ではありません 164
ユーラシア主義を期して 168

ベーラ——流氷を運ぶシベリアの町で 171

石川啄木との出会い 173
言葉から飛び散る火花 175
日常の窓から生まれる俳句 179

特別軍事作戦、その日のこと――182
いま、ロシアの俳人が感じていること――186
日本の俳人へのオマージュ――190
関連年表――193
幾重にも分断された世界で――あとがきにかえて――202
俳句一覧――219

НЕТ!
ВОЙНЕ С
УКРАИНОЙ
Политики делят власть
и мечтают об империях.
Страдают от этого
мирные люди по обе
стороны границ.
Подпишите петицию

モスクワ市内に貼られた反戦ビラ。
〈ウクライナとの戦争にNOを。
政治家は権力争いをし、帝国を夢見る。
そして国境をはさむ二つの国の市民たちが苦しんでいる。〉

南サハリンについては、「帰属未確定地」とする立場もある。

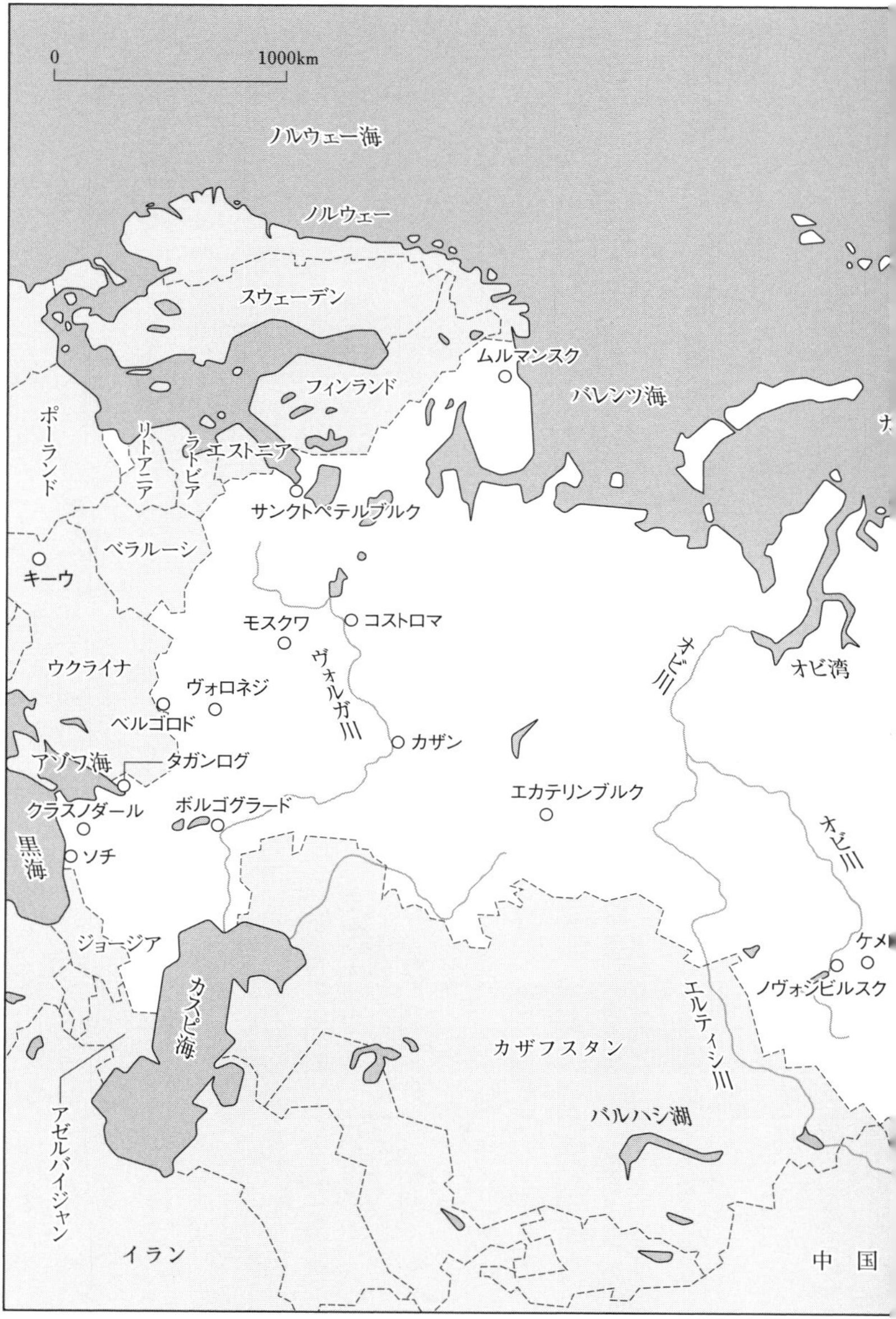
0
1000km
ノルウェー海
ノルウェー
スウェーデン
ムルマンスク
フィンランド
バレンツ海
ポーランド
リトアニア
ラトビア
エストニア
サンクトペテルブルク
ベラルーシ
キーウ
コストロマ
モスクワ
ヴォルガ川
オビ川
オビ湾
ウクライナ
ヴォロネジ
ベルゴロド
カザン
アゾフ海
タガンログ
エカテリンブルク
クラスノダール
ボルゴグラード
黒海
ソチ
オビ川
ジョージア
ノヴォシビルスク
カスピ海
カザフスタン
エルティシ川
アゼルバイジャン
バルハシ湖
イラン
中国

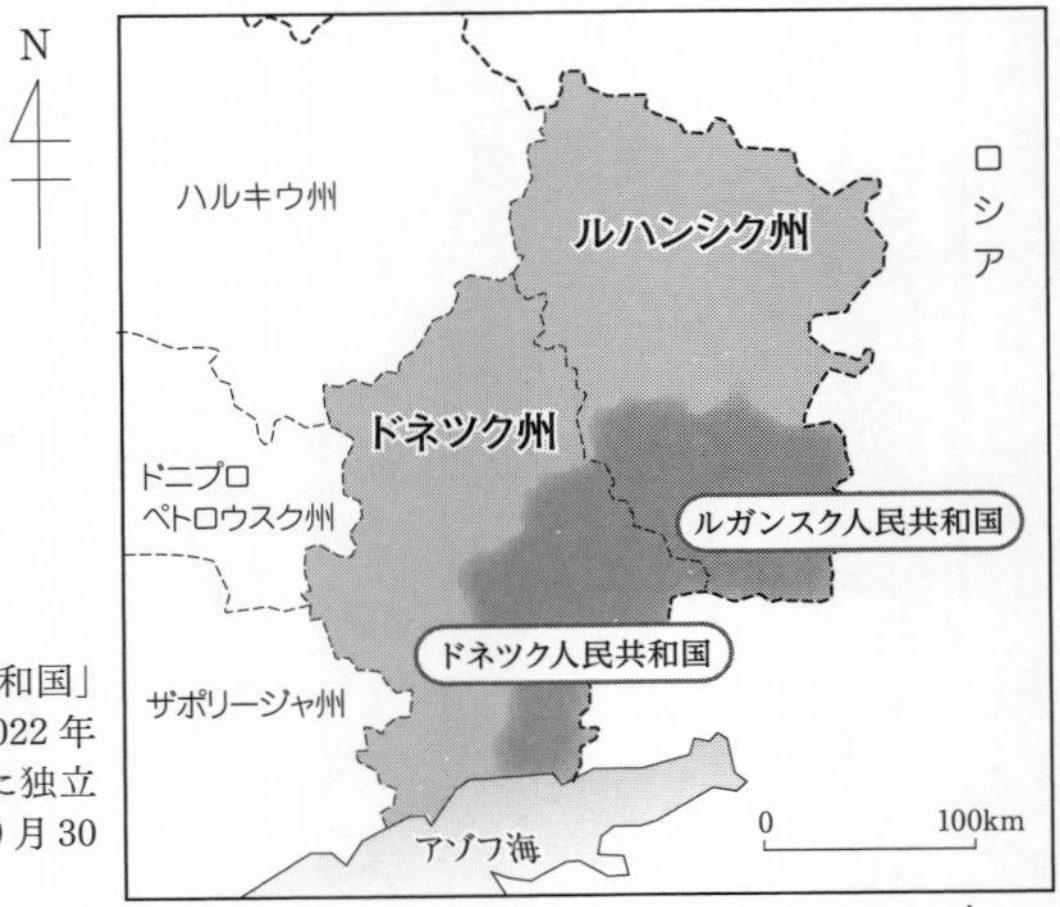

地図中、「ルガンスク人民共和国」「ドネツク人民共和国」は2022年2月21日、ロシアが一方的に独立国家として承認。ロシアは9月30日に「併合」を宣言。

ナタリア——教会の鐘響くモスクワの町で

モスクワ在住。大学卒業後、会計士や技師として働き、税務署に勤務したこともある。
現在はモスクワ市内の病院の運営部門で仕事をしている。

俳句は小さな器

Q――いろんな仕事をされてきましたね。

そんなに多くありません、いまは病院の運営部門スタッフとして働いて六年目ですが、とても気に入っています。

Q――俳句と初めて出会ったのはいつですか?

二〇一七年のことでした。母が脳卒中を起こしたのです。彼女は高齢ですが、とても恐ろしかったですし、先行きのわからない状態でした。私には、長編詩を書く力はまったくなく、そんなときにこの短い三行詩にたどり着いたのです。

最初はもちろん、とてもつたない創作でした。でも、この五年間で私は、俳句とは小さな器で、その中に途方もなく広大な世界が入っているのだということを理解しました。

俳句の最も重要な点は簡潔さです。私はこの五年間で俳句に簡潔さと美しさを盛り込むことを習得しなければなりませんでした。

すでに俳句を書いている人たちが私を導いてくれたのです。その後、「モスクワ国際俳句コンクール」があることを知って、二〇一八年に初めて参加しました。そのときは一つの作品がノミネートされました。第一三回大会では三句がノミネートされ、そのうちの一句が三位になりました。

私は何かが身についたと実感しました。そもそも、何か深刻なことやとてもうれしいこと、とても悲しいことが起きているときは、人はブレークスルーが起きて、詩を書いたり、散文を書いたり、あるいは絵を描いたりします。私は五年間で少しずつ前進してきたのです。俳句は、これは私の生涯続く愛だと思います。

Q——好きな日本の俳人は？

松尾芭蕉です。

もちろん、私が読んだのは翻訳ですよ。古典となっていますが、特にヴェラ・マルコワの訳が、私は一番いいと思います。

Q——どのくらい頻繁に俳句を詠みますか?

それはなんとも言えません。句をすぐ詠むこともありますし、一週間か二週間、あるいは数週間かかることもあります。

俳句というものは、呼吸のように自然なプロセスなのです。眺めていると、何かの瞬間があり、それが自分の中で句になるのです。私が俳人の作品を読むとき、ときどきかれらの答えが自然と思い浮かぶことがあります。そのようなときに、俳句は呼吸のように出てくるべきなのだと実感します。

なぜなら、偽装や作為は一切あるべきではないからです。物事は一瞬にして起こり、それについて俳句を詠みます。この俳句の中に、直接的な意味と、テキストの下に隠れた意味があるようにしなければなりません。それに対して一人ひとりが異なる論評をしてくれます。

ですので、一番重要なのは俳句の簡潔さで、俳句の中に物事のすべてが反映され、満たされていることです。

命満つ
弾痕の隅
少年は弾筒で遊ぶ

これは、もちろん、ウクライナでの出来事を詠んだ句です。
私は戦闘員ではありません。でも私は、できることはすべてしなければならないと思っています。たとえば反戦の俳句を詠んで、自分の意見を反映させなければならないと思っています。なぜなら、戦争というものは常に政治によって実行されていますが、苦しんでいるのは、なぜ、どうしてそうなっているのかがわからない、普通の市民だからです。かれらはただ苦しむだけでなく、命を落としています。これはとても恐ろしいことです。

Q——弾痕の隅にいる子どもたちを、あなたはどこかで見ましたか？　それとも想像しましたか？

ニュースで見ました。……子どもたちは、これが恐ろしいことだということを理解していません。弾痕があり、そこに子どもたちがやってきて、かれらはさっきまでここに平らな地面があったのに、砲弾が落ちたということを理解していません。そしてかれらはその弾筒で遊んでいるのです。子どもたちは戦争というものがどれほどの恐怖と痛みをもたらすかわかっていないので、まだ恐ろしいものではないのです。

どんな状況下でも、あらゆる子どもたちの「子ども時代」は続いています。一番恐ろしいのは、子どもたちがこうして座って遊んでいることです。子どもたちというのは私たちの未来です。この弾痕や弾筒はそもそもあってはなりませんですが、現実はそうなっているのです。

Q――特別軍事作戦のことを最初、どうやって知りましたか？

今年［二〇二二年］の二月二十四日です。プーチン大統領がラジオやテレビで宣言したときです。

Q――当時の最初の気持ちは？

理解できないというものでした。それは一体なんなのか、全然わかりませんでした。なぜなら、ウクライナは私たちとは血のつながった民族で、そもそも身内で、ウクライナの半分が私たちの親戚だといつも考えられていましたから。

Q——あなたのご親戚もウクライナにいますか?

私にはいません。でも、私の身近には、近い親戚がいるという人たちがたくさんいます。

Q——ウクライナに知り合いはいますか?

知り合いの知り合いがいます。知り合いの親戚、友人の知り合いや友人はいて、何がどうなっているかを話してくれました。これは重いテーマです!

Q——重いテーマなので答えにくかったらいいですよ。

いいえ、お答えします。

国境の列
避難の少女に
サボテンの鉢

Q――この光景をどこかでご覧になりましたか？

これは半分想像です。というのも、国境に列ができているのを私たちは知っていますが、この句のポイントは、彼女がおもちゃではなく、サボテンの植木鉢を持ってきたということです。

サボテンにはとげがあります。抵抗者であり、とげがあるので撫でられない、つまり、この少女は不服従の象徴です。彼女が本や鉛筆、おもちゃではなく、サボテンの鉢植えを持ってきたということは、子どもさえもあそこでまったく壊れなかったということを意味しています。

Q――サボテンは彼女の意思の象徴ということですか？

はい、彼女の意思です。でも、彼女だけの意思ではなく、そもそも人びとはあきらめていませんし、子どもたちもあきらめていないということを象徴しています。……たとえば、ゼラニウムや家庭用の花の植木鉢ではなく、サボテンの植木鉢なのです。

彼女は自分の意見を持っていて、自分の立場があるということです。

戦争か平和か、トルストイの問い

不整脈『戦争と平和』中頁開く

頻脈というのがあります。脈拍が増えるのが頻脈です。不整脈は、心臓に異常があることです。

『戦争と平和』というのは、私たちの偉大な作家、レフ・トルストイの長編小説です。大作で、とても大きな哲学的意味がこめられています。その中頁が開かれているというのは、何が起きるかわからないこと、つまりこれもまたウクライナでの出来事を指していて、未来が天秤にかけられています。この先どちらに傾くかわかりません。

まるで不整脈のように、戦争が起きていて、天秤がさらなる戦争か、それとも平和かのどちらかに頻繁に傾きます。心臓そのものが異常を起こしているのです。ですので、こういう俳句になりました。

Q——いまのご自分の気持ちなのですね。

そうですね。『戦争と平和』の中にも、これに関連した問いがとてもたくさんあるからです。とても偉大な作品で、全世界で知られています。そして天秤は、この先も人が殺されるのか、それともとにかく休戦になってこれを平和に導くなんらかの方法を見つけられるのか、どちらかに傾きます。

今後もこれが長引けば、戦争という皿のほうが重くなります。現在は、中ほどが開いてあり、戦争がより重くなるのか、平和が重くなるのか、わかりません。だから『戦争と平和』なのです。これでわかってもらえるといいなと思います。

不眠症
すべて一つの雫の音

Q——これも同じく、あなたの気持ちが反映されているのでしょうか？

ええ。とてもつらい気持ちです。

Q——あなたは不眠症になったのですか？

はい。これについて何かを見たり聞いたりしはじめたとき、聞けば聞くほどこれに引き込まれていきましたから……。

私の娘は心理療法士なんです。私は娘の本を読み、娘と話をしました。彼女が言うには、私が陥っているのは、情報を吸収するよくない掃除機のようなものだそうです。これが私を引き寄せて、私はその中で煮込まれ、そこにますます引き込まれていくようになります。そうすると、私の中には恐怖が形成されていきます。テレビを見るのをやめて、ラジオのニュースを聞くのをやめなければなりません。せめて一時的にでも、恐ろしい出来事から離れてみるべきです。そうでなければ、これは私を引き込んでいきますし、そうなったらもうおしまいです。
　多くの人びとは自分の尺度で暮らしています。こういう俗世の心配事や普通の生活は、実は正しいのです。ウクライナで起きていることは自分には関係ない、ここにはすべてがあるし、私のところではすべてが整っているので、私はこうして生きていく、と。ですが、そうできない人たちもいて、彼らは薄い皮膚のように、すべてをとても繊細に認識しています。たとえば私の娘もこうです。この人たちは世界で起きていることをすべて、とてもダイレクトにとらえます。世界にはどれほどの悲劇が起きているでしょう？　私もこういう人間です……。

Q——では、あなたはいまテレビを見ないようにしていますか？

　私は時間がほとんどないので、そもそもテレビをあまり見ません。私はただ、もう、……どう言ったらいいでしょう。
　私は、平和についての俳句を詠むことはできます。そしてたとえば、避難民を支援したりすることもできます。そもそも私にとっては、ソ連時代にいつもそう教わっていたように――自分のことよりもほかの人のことを多く考えなさいと言われていたように――、ほかの人を助けることが第一でした。私は、テレビを見ません。それでも、私は何が起きているか知っています。ただ、私は少し違う態度をとるようになりました。

私は、根本を変えることは……。もし私が政治家だったら、実際に違う行動をとっていたでしょう。ですが、私にできることは、なんらかの形で避難してきた人びとを支援することです。そして俳句を詠むことです。私はできることをやっています。

自分をケアすること

Q――俳句を書くと少し楽になりますか?

もちろんです。俳句には、自分の考えや気持ちをこめます。でもそれは、自然や動物のことなどについて俳句を詠むなら、です……。

私は川柳がとても好きなのです。私はそもそもユーモアが好きな人間で、ユーモアのセンスのある人たちが好きなのです。ユーモアのセンスのない人たちと話すのはとても大変です。かれらは文脈にあるアイロニーが理解できないですから。そして私には、どうしてかれらがわからないのか理解できません。

川柳は生活において支えとなってくれます。私にはとても強くて頑丈な柱が必要です。こんな状況ですから、いいコンディションでいなければなりません。いい意味で、自分のことを愛さなければなりません。でも、エゴイズムと混同してはなりません。

もし自分のことを愛するなら、少なくとも、病気にならないように、自分や他人の負担にならないように、自分の体をケアするでしょう。自分の体が崩壊しはじめたとたん、自分が自分とほかの人たちにとっての負担となり、ほかの人たちがあなたの面倒を見なければならなくなります。ですので、自分に対する愛情とは、たとえば、自分にとってもほかの人にとっても負担にならないように、自分のことをケアすることです。健康になり、可能な限り幸せになるなら、これをほかの人に分け与えることができます。

実は、これは後になってから戻ってくるのです。何か見えざる手によって、自分がほかの人びとに分け与えたものは、戻ってきて自分に力を吹き込みます。ブーメランのような循環になっていて、善を与えれば、それはあなたのところに戻ってきます。悪の力は……、悪のほうがそもそも強いのです。

私は、どうして世の中に悪がたくさんあるのかがわかりました。悪のほうが簡単だからです。悪の感情、卑劣さは——そのほうが簡単なのです。善のほうがいつも難しいです。怒鳴って、何かひどいことを言うほうが簡単です。そもそも、何か悪いことをするほうが、渾身の力を出して何かいいことをするより簡単です。私は、すべての否定的な感情のほうが人にとっても簡単なのだという結論に達しました。だから人は、「ちくしょう」と言って、それでおしまいです。言われた相手の人が傷ついたということは、その人にはどうでもいいのです。そういうことです。これは、永遠の善と悪の戦いです。俳句には同じくすべてがあります。善と悪の戦いについての俳句はとてもたくさんあります。

平和の鳩何処
　砲弾に焼けた空
太陽沈む

Q――この句はいつ詠んだものですか？

覚えていませんが、この句はこの状況で、一番最初に私が書いたものです。今年の三月です。

詩のウェブサイトで詩作品の募集をはじめたとき、私は「平和の鳩」という句集を作りました。平和の鳩というのは、かれらを止めることのできる全世界の調停者、あるいは調停する力という意味です。

カラスの沈黙の行方

戦闘後
焼けた白樺に
カラスの沈黙

Q――この光景は実際にご覧になりましたか？

いいえ。イメージが湧いてきたのです。ロシアでは、カラスが鳴くと、悪いことをもたらすと言われます。「(カアカア鳴いて)不幸をもたらす」という単語もあるくらいです。誰かと話しているときに何か悪いことを言えば、「カアカア言わないで」と言われます。このように、カラスが鳴くとき、ロシアでは、善ではなく不幸を招くと考えられています。

ここでは、つまり戦闘の終わりですが、燃えた白樺があって、カラスさえ鳴きません。もう最悪のものは始動し、カラスはすでに沈黙しているのです。なぜなら、何をしても無駄だからです。きっとそこには負傷者や死亡者がいたでしょう。白樺は燃えました。このかわいそうなカラスは沈黙し、カラスには声をあげる、カアカア鳴く理由もないのです。

鳥桜
枝に平和の
日々凍る

Q――これも同じ気持ちですか？

ロシアでは、春が来て、続いて桜が咲きますが、桜が咲くと短い寒気《かんき》が訪れると考えられています。桜が咲いているということは、つまりは寒くなる、ということです。春の暖かさが寒さによって中断したのです。この句も間接的にこれとつながっています。

Q――世界が止まったようだということですか？

はい。暖かくなりはじめ、春がはじまり、花は咲きはじめたはずなのですが、そこに突然桜が咲きました。つまり、寒気が到来しました。寒さはいつか終わるはずなのですが……。

生きてます
息子の手紙
光跳ね

Q――これもいまの状況を詠んだ句ですね？

想像してみてください。手紙が来ます。かれの母親が開封します。そこには、僕は生きていると書いてあります。そして、そこに光の斑紋、光線が跳ねています。母親の喜びはどんなものか、想像してみてください。

俳句は私の大きな力

鐘の音
ベランダポーチに
ミントの香

Q――この句は身の回りのことを詠んだものですか？

ロシアでは、多くの人が、鐘が鳴るとき、立ち止まって耳を傾けています。そこに何か魔法のようなものがあるからです。この句は鐘の音と、リラックスした状態を導くミントの香りの対比です。ミントの香りは、人を穏やかな気持ちにさせてくれる植物だからです。

私の自宅の近くは、一方には大きな川が蛇行していて、もう一方は森になっています。公園や森があり、土手の上の丘に教会が建っています。出勤するとき、私はその鐘の音を聞きます。それを組みあわせました。

古い別荘
祖父の仕事台に
雑草茂る

Q——この句にはノスタルジーのようなものがありますね。
ロシアには、以前は人が住んでいた別荘《ダーチャ》がたくさん残されています。昔は、別荘には重要な仕事がありました。仕事台というのは、男性が何かを作る場所です。

家を建てたり、板にかんなをかけたり、いろいろな手仕事をしていました。私の祖父もそうです。でも、古い世代が亡くなると——かれの子どもたち、孫たちには、これは必要ありません。

かれが仕事をしていた場所には、すべての道具が置いてありました。いまとなってては誰にも必要のないものとなってしまい、雑草が生い茂ってしまいました。これもとても悲しい俳句です。子どもたちや孫たちは、別荘に、休むためだけにやってきます。前の世代は、農作業をしたり、何かを建てるために来ていました。そして仕事台は——特にいい主人のものは——、いつも整頓されていて、かんなや道具類が置いてあるきれいな場所でした。祖父はもういません。仕事台も、もう必要ありません。

Q——俳句を書くようになってから、周辺の世界や自然への見方は変わりましたか?

もちろん変わりました。母の具合が悪くなったときから変わりはじめました。母が病院に運ばれてから五年間、俳句は私の大きな力になりました。なぜなら俳句は、いかにして三行に自分の感情やほかの何かをこめるかを考えさせる、魔法のようなものだからです。

長編詩を書くことはできませんでした。書きたいとも思いませんでした。俳句が出口になったのです。俳句は、多様というよりも、とてもたくさんのものを表現することができるからです。これは私の救済でした。

この五年間で、私はとてもたくさんのことを考え直し、見直し、自分が別人になったということに突然気づいたのでした。もしかすると、それは歳のせいなのかもしれません。人生の中で苦しむことがなく、何事も起きていないという人は、ほとんどいないと思います。

人はさまざまな苦しみ方をします。ある人は何かが起きたら脇に逃げて、自分の中にこもってしまうかもしれません。ですが、何かを体験し、考え直す人もいます。人生の中で何かがあって苦しんだ人は、人生をまったく違ったふうに見ているように思います。私もすべてを考え直した一人です。私にとって、以前は重要だったことが、いまでは重要ではなくなりました。私にとっては、魂と心を持った人が一番大切になりました。人にどのような態度をとるか、ということですね。

傲慢さや無関心さは、いま私にとってとても受け入れがたいものになりました。

Q——何歳ですか？

六十三歳です。

Q──いまは誰にとってもつらいときですが、この軍事的出来事によってあなたの自分の人生に対する態度は変わりましたか？

もちろんです。誰かにとって重要なことは、たとえば、権力だったり、お金を稼ぐことだったり、何かの地位だったりします。私にとって、こういったものはもう興味がなくなってしまいました。

私は……、人がまじめで正直で善良であることに価値があると思いますし、まさにこういう人たちとなら交流できます。権力やお金を求めている人は、しばしば他人を踏み台にしていきます。私にとって、それは受け入れがたいものになりました。

Q──未来はどうなると思いますか？

第一に、自分の身近な人たちが、全員健康でいることを望みます。健康で、幸せで、かれらの望むように生活があればいいと思います。

なぜ戦うのか、そもそも私には理解できませんし、決してわかることはありません。いえ、正確に言えばわかりますよ、昔から行われてきましたから。権力というのは人を引きつけて、引き込み、離さない、恐ろしい力です。権力の匂いを感じたら、それはとても危険なことです。なぜならそこから独裁や流血が生まれてくるからです。

そのすべてが恐ろしいです。私は、そもそもすべての戦争が可能な限りなくなることを望みます。私は、あと少しで私たちの誰もがいなくなってしまうかもしれない状態を理解していない人類と権力が理解できません。それだけです。いなくなってしまうかもしれないのですよ。どうしてこれがわからないのでしょうか？

どこかで何かがはじまったとたん、こんな小さな私たちの地球には誰もいなくなってしまいます。これが、政権に就いている人たち、権力の頂点にいる人たちになぜわからないのか、私にもわかりません。世界には面白いものがまだまだあるのですよ。どうして戦わなければならないのでしょうか。

アレクセイ——情報戦の渦中で

モスクワ在住。大学で数学を専攻したのちアメリカに留学し、コンピューターを学ぶ。現在は科学ジャーナリスト。妻と三人の子どもと暮らす。

アメリカで俳句と出会う

Q――俳句との出会いはアメリカだったのですね。

はい。コンピューターを学んでいたのですが、自分の中の芸術的な部分に夢中になったのです。アメリカで日本の詩歌を読んだのがきっかけです。もちろん松尾芭蕉や小林一茶の俳句も読んだのですが、私が深い印象を受けたのは清少納言の「枕草子」でした。この本には、通常俳句についての本では語られない日本の美学について、とても美しく、素晴らしく書かれていたのです。俳句は、最初は翻訳ではあまりよく理解できませんでした。ですが、清少納言の日記は、短歌の構造がどうなっているか、短歌を用いた遊びをどうやっていたか、短歌がどのように叙述しているか、最後まで言い切らない短歌、説明のない短歌がどう誕生したかをとてもよく説明していました。

また、アメリカにいるとき、インターネットで、松山大学のグループを見つけました。大学生たちが、正岡子規に関するウェブサイトを作っていたのです。かれらはインターネット上にウェブサイトを開設し、メーリングリストも作っていました。そこに登録すると、さまざまな国のさまざまな人たちの書いた俳句が送られてくるようになっています。アメリカ人、日本人、フランス人、ロシア人などが参加していて、全員が俳句を詠み、お互いに助けあい、批評しあっていました。このコミュニティが、私に最も大きな影響を与えました。

Q――それは英語で行われていたのですか？

はい。一九九五年のことでした。「句会」というものもありました。まず一人が書き、別の人が続きを書いたり、お互いの句を「これは俳句じゃない、これは正しくない」と批評したりすることもあります。私たちのコミュニティもそれに近いものでした。いま、ロシアには俳句の有名な雑誌の編集者がたくさんいます。

私はコンピューターへの関心を失ってしまって、俳句に向かいました。もちろん、俳句ではお金を稼ぐことはできないので、主な生計はジャーナリストとしてたてていますけど。

Q——どの分野のジャーナリストですか?

最初はおもに、コンピューターに近い、技術分野のジャーナリストでした。ロシアには、gazeta.ru と lenta.ru という有名なウェブサイトがあります。私は二〇〇〇年代初頭にこれらを作るのに参加しました。それから、技術分野の記事をたくさん書くようになりました。コンピューターに関してです。いまはコンピューターセキュリティ分野についての記事を書くことが多いです。

ニンニクが発する警告

月の光
枕下に
大《にん》蒜《にく》ひと粒

Q——この句について話してください。

この句は、面白い言い伝えをもとにしたものです。昔、ニンニクは吸血鬼やさまざまな悪魔を追い払うと信じられていました。いまではニンニクはコロナウイルスやインフルエンザを追い払うと考えられています。多くの人がこのような言い伝えを信じています。これは面白いです。

私も、インフルエンザやコロナウイルスに感染したとき、同じように、ニンニクの皮をむいて枕の下に置きました。空気を浄化して、殺菌消毒すると考えられているのです。

私はニンニクと月の組み合わせが気に入りました。俳句では、イメージの対比というのがありますね。私は、ニンニクは小さな月に似ていて、この対比がとても美しいと思いました。

Q――ニンニクと月という連想は、なかなか思い浮かびません。どうやって思いついたのですか？

まさに私は、夜にこれをやったのです。というのは、ニンニクは寝るときに枕の下に置くのですが、ちょうどそのとき外を見ると、月が出ていたのです。物と物の調和、物どうしのつながりを目にした瞬間でした。まさに俳句に詠むべき瞬間だと思いました。

Q——とても素晴らしい組み合わせです。コロナウイルスは恐ろしかったですか？

はい。コロナウイルスで起きる一番面白いことは、コロナウイルスのせいで匂いがしなくなり、まる一週間、嗅覚がなくなることです。ですので、ニンニクに関するもう一つの警告は、ニンニクの匂いがしないときは、何かがおかしい、ということです。まだニンニクの匂いがするなら、全部大丈夫ということです。

痣で感じる戦争のリアル

ペイントボールの痣《あざ》 長く見つめたら 別の惑星

これは、私たちは戦争というものをあまりよく理解していないという話です。私たちが生きているのは……。私たちは戦争のことをたくさん話しますが、実のところ、私たちの多くが、まるでそれぞれ別の惑星に生きているようにとても孤立しています。ほとんどの人は、戦争というものを一度も見たことがありません。ニュースを読むだけです。

この句は、私が旧友の誕生日に出かけたときの話です。かれは、ペイントボールをしようと私たちを誘いました。ペイントボールとは戦うゲームです。お互いに撃ち合うのですが、本物の弾ではなく、絵の具の入ったボールでやります。自分に向かってボールが飛んできて、当たれば絵の具まみれになります。

私たちはチームに分かれて、古い建物の中でゲームをしました。自分たちの子どもも連れて行き、どうやるのかを見せました。私はゲームの最中、いろいろな人がいるということに驚きました。戦争に本当に参加したことがあるとわかる人もいましたし、私のように一度も参加したことのない人もいました。何より、私は、すぐに自分が「殺された」ことに驚きました。最初のゲームでは、私は外に出て、周囲を見渡したとたんにバンと撃たれ、終わりました。二回戦でも同じようになりました。

私は、この感じがとても大事なのだという気がしました。というのも、戦争に関するニュースを読んでいる大半の人は、戦場ではいかに簡単に人が死ぬか、よくわかっていないからです。人びとは、戦争は映画かコンピューターゲームのように、走り、撃たれたら治療を受けると思っているようです。違います。すべて、はるかに速いスピードで起きるのです。私は三回戦でそれに気づきました。私はただ、座って、静かに隠れていました。床を這うことなく、勇敢な人間のふりをしようとせず、どこかに飛び出したりしないようにしました。

そして私は自分の体のいろいろな場所についたボールの青あざを見たとき、戦争とはどのようなものなのかを知るために、このゲームを経験する価値があると思いました。人びとがこのことを知っていれば、インターネットで憎悪を並べ立てたり、さまざまな側から戦争を呼び掛けたりすることが少なくなるのではないでしょうか。

私がアメリカにいたとき、ロシア人である私に対して一番ていねいに接してくれたのはアメリカの退役軍人だったことを思い出しました。つまり、ベトナムで戦い、ロシアを研究した軍人です。かれらは敬意をもって接してくれました。なぜならかれらは、戦争とはなんなのか、戦争は必要ないということを知っているからです。それよりも文化について話そうとしました。そのような経験のない人は、簡単に相手の気分を害しますし、ステレオタイプで物事を見ようとします。

こういう経験もあったので、ペイントボールの青あざはたくさんの連想を私にもたらしたのです。

情報戦争への対処法

Q――あなたは、ご自身が前線に行くかもしれないと思いますか？

いいえ、私はそういったものは感じていません。私は五十一歳で、すっかり歳をとっていますし、ロシアでは私の年齢の人は招集されません。

むしろ、私は全体的な、情報によるヒステリーともいうべきものに懸念を感じています。たくさんの人が、どこへ、なんのために行くのかもわからないのに、ロシアから出ていきました。

私は外国でも、情報によるパニックが生じていると感じています。中でも一番驚くのは、ロシア文化を消しはじめていることです。ヨーロッパでは、たとえば、いくつかの国でチェーホフやドストエフスキーの戯曲の上演、チャイコフスキーの曲を演奏するコンサートを取りやめています。理解できません。一九世紀の作曲家がどうやって……。

たとえば、チャイコフスキーやチェーホフは、何が悪いのでしょうか。どんな悪いことをやったのでしょうか。
ですが、人が自分で考えることをせず、代わりにコンピューターが考えていると想像してみたらわかるような気がします。なぜならこれは、グーグルのＡＩがやっているように、「ロシアの」というワードをフィルタリングすることに決めたようなものだからです。これはこの情報戦争におけるとても不愉快な結果です。

Q――あなたは、人びとはいま、戦争の真実を知らないとお考えですか？

はい。残念ながら。これは本当に問題です。この情報戦争の大きなマイナス面は、人びとには選択肢がないこと、情報をどう取り扱ったらいいのか知らないことかもしれません。
私は長年働いてきたジャーナリストとして、情報戦争での行動の仕方は二つあることを知っています。もし本当にどうなっているのかを知りたいのであれば、その人は一定の仕事をやらなければなりません。戦争で何が起きているのかを知りたければ、自分の入手するあらゆるニュースが信頼できるものでなければならないからです。その人は自分でたくさんの情報源を見つけて、このニュースをさまざまな方向から検討しなければなりません。これが一つの方法です。この方法は、積極性と、ニュースを深く掘り下げる根気強さが必要です。もちろん大半の人はそれをしません。

ですが、もう一つ方法があります。知りたいと思わないのであれば、「私は自分のことをするから邪魔しないでください。私の頭にいろいろなくだらない情報を詰め込まないでください」と言うことができます。

以前は、多くの人にとってこの方法はずっとやりやすいものでした。つまり、よくわかっていない人は、「私はよくわかりません。私はそこに関わっていません。私は自分のことをします、私はパンを焼いたり、工場で働いたり、詩を書いたりします」と言えましたし、そうすることができました。

いまは、残念ながら、とてもたくさんの人が情報戦争に引き込まれています。自分ではもしかすると望んでいないのかもしれませんが、各自がスマートフォンを持っていて、毎日ニュースがかれらのところに飛び込んできて、これが全般的な異常ともいうべき事態を引き起こしています。この状況では、人は自分にとって楽しいことをできませんし、ほとんどのエネルギーをこの話に消費してしまいます。もし何もできず、関わっておらず、よくわかっていないのであれば、これらニュースを読まず、自分のことをしていたほうがいいかもしれません。

たとえば、ロシアは日本と常に良好な関係にあったわけではありません。でも、ロシアでは、芭蕉や一茶を、かれらが日本人であるからというだけで禁止すべきだとは、一度として誰も思いつきもしなかったのです。冷戦中の一九五〇年代、六〇年代でさえ、ソ連では日本文学が大量に出版されていました。誰も、江戸近世の人がなんらかの形で現代に関連づけられると想像することなどできませんでした。誰もが、文化を発展させる必要があるということを理解していたのです。

いま、人びとはスマートフォンから流れ込んでくる単調なニュースによってゾンビ化しているので、このことを理解していないようです。もう一度言いますが、これは大きなマイナスです。人びとはいつも大衆的なヒステリーの中で生活しているので、かれらには集中することが難しいですし、自分の周囲にある美しいものを見るのが難しいですし、自分のことをするのも難しいのです。

Q――あなた自身も見ないようにしているのですか?

先ほど言ったように、私は長年ジャーナリストをしていましたので、ニュースがどのようにして作られているかを知っています。いくつかのニュースは自分のところに届く前に完全に真逆にされているということを知っています。あるいは、いくつかのことはまったく報道されないということも知っています。

たとえば、アフリカでとてもたくさんの紛争が起きていますし、深刻な人道的大惨事が起きているのに、私たちはアフリカに関するニュースを読むことはほとんどありません。

私はかつて調べたことがあります。一日中ニュースを追って、それらを比較してみたところ、どれもこれも統一性がなく、現実と異なる構図が作られているのを目にしました。

いまは、自分の子どもたちと散歩したり、絵を描いたり、何かためになることを書いたりして、フェイクニュースに自分のエネルギーを使わないほうがいいです。フェイクニュースに対してできることは二つの方法しかありません。それをよく調べて否定するか、それらを読まないかです。私はいま、自分の周りにある生活をできるだけ良いものにしようとしています。

Q――俳句はあなたの生活をより良くしていますか？

はい。私は、俳句とはまさにそのようなジャンルだと考えています。人が自分の悲しみや苦しみ、嫌な気持ちを吐き出すジャンルはたくさんありますが、俳句はそうではありません。

川柳というジャンルがあります。川柳は、時事問題をテーマにすることが多いです。諧謔を含んだものがあり、政治家を嘲笑ったり、性的な冗談を書いたりすることもできます。

ですが、俳句はそうではありません。俳句は、調和をたいせつにして詠むものだと思います。物と物との間のつながりに心を向け、最も素朴な世界の美しさに喜びを感じたことを詠むものです。それが、清少納言が私に教えてくれたものです。この素朴なものの魅力、「もののあはれ」、この感覚、俳句はこれを詠むためのものです。

ですので、俳句は、嫌なことから気をそらすということではありませんが、ほかのものを見て、世界の変わらぬ美しさを目にするのを手助けしてくれます。たとえこの出来事の中で私たちが苦しんでいたとしても、です。

木の匂い強風後が一番強い

Q——この俳句も、いまおっしゃったことを表現したものですか？

はい。私はクリミアでこの俳句を詠みました。西側では、ロシアがクリミアを占領したと考えられているのは知っています。

実は、クリミアは私にとって、子どもの頃から休暇で行っていた場所なのです。あそこにはとても美しい公園があり、そこの木々はとても美しいのです。

帰属する国家が次々と変わっても、木々はあそこに三百年間立っていて、そこへ行くと変わらぬ調和と美しさを感じることができます。この木々の視点からは、時間がいかにゆっくり流れているかを感じられます。私たちの生活の周囲にあるすべてが変わっていくかのようでもあり、そこに行けば安らぎも感じます。

そして、クリミアで強風が吹き荒れた後、私は公園に行ってこの木の匂いを感じました。これは、なんというか、とてもいい反応なのだとわかりました。暴風雨が大規模なほど木の匂いを強く感じますし、この美しさをふたたび目にしたくなるのです。

Q――「強風」という言葉はネガティブなものを象徴しているのですか?

そうです。私にはクリミアで書いた、似たような俳句があります。あるとき、私が海岸に座っていると、潮騒の、波の一つ一つの合間にコオロギが鳴いているのが聞こえました。そして、こんな俳句ができました。

潮騒が　一瞬静まる　歌えコオロギ

この感覚は、潮騒の合間の静寂の瞬間を摑んで、そこでコオロギの声が聞こえたという情景を詠んだものです。

木の匂いの句も、強風にもかかわらず、美しいものはいずれにしても私たちの世界に残るのだということなのです。俳句は調和について詠むものです。物と物のつながりに気づいて、最も素朴なものの中にあるこの世界の美しさについて詠むものです。

星の夜
ドミノの駒は
燻製魚の匂い

Q――これも心地よい時間を詠まれたものですか？

はい。私たちは休暇を過ごしていました。ドミノというのは、私たちの多くが子どもの頃に遊んだゲームです。黒い駒に白い点がついていて、それを交互に並べるのです。私は長いこと、このゲームをやっていませんでした。

海に行った夜、私たちは魚を食べに出て、たまたまこのゲームを見つけました。とても素晴らしい瞬間でした。空には星が出ていて、私たちはドミノを順番に並べていきました。黒い地に白い点があって、まるで星座のようでした。

この子ども用のゲームは私たちを、幼少期へと引き戻しました。突然、あらゆる嫌なことが消えてなくなり、そこにはドミノと私たちの頭上の星の、調和のとれた組み合わせだけがありました。
ロシアでドミノをプレーするとき、最後のコンビネーションが「魚」という名前なのですが、面白いことに、私たちは魚を食べながらゲームをしていたのです。このような偶然は、私たちに世界の美しさを見せてくれる瞬間だと思いますし、俳句はまさにこういったことが起きている瞬間を詠むジャンルなのだと考えています。

Q――芭蕉や一茶もそのように詠んだと?

そうですね。かれらが生きていたのは、もう平安時代ではありません。清少納言が書いていた一〇世紀は、すべてがとても美しかったようです。そこには調和があったように思われます。芭蕉や一茶は、封建的な時代に俳句を詠みました。興味深いのは、その時代に芭蕉は蛙のことをどうにかして詠もうとしましたし(古池や蛙飛びこむ水の音)、一茶はコオロギのことを詠みました(こおろぎが髭をかつぎて鳴きにけり)。つまり、かれらは同じように世界の美しさを目にしていたのです。
ロシアで一番人気のある芭蕉と一茶の俳句は、まさにこういう句なのです。もちろん、芭蕉には、貧しい生活や穴のあいた草履などを詠んだものもありますが、記憶に残るのは、池に飛びこむ蛙であり、一茶の何があっても富士の山に登るカタツムリ（かたつむりそろそろ登れ富士の山）です。この美しさが私たちの国でも皆の記憶に残っています。ロシアで日本の詩歌について質問したら、その相手はおそらく、芭蕉の蛙と一茶のカタツムリを挙げるでしょう。

Q――歴史の中では、肯定的で美しいものが残るということですか？

はい。近距離で社会を見れば、事件やニュースが目に留まります。ですが、長い歴史を見れば、生活の中でみつけることのできる美しいものを守ってきました。本来、文化というものはそのようにできているのです。私たちは、嫌なものではなく、よくなるにはどうしたらいいかを記憶しようとしています。俳句はそのためのものだと思います。

ロシアの文化と日本の文化

Q――俳句はシンプルな形式なので親しまれるのでしょうか？

俳句の形式は、さまざまな連想がたくさんあるので、単純というわけではありません。現在はより理解されるようになりましたが、ロシアでは、長いこと俳句はあまり理解されていませんでした。侍とか酒といった語があればそれで出来上がり、日本の三行詩だ、という単純化されたイメージがあったのです。

たとえば、銀の時代[*1]のロシア詩は、日本の詩歌にかなり近かったのではないかと思います。ロシアでは多くの民謡は、歌の最初に自然についての書き出しがあり、私たちが周囲で目にする美しいストーリーがあり、人の感情についてのストーリーへと続きます。たとえば、特にセルゲイ・エセーニン[*2]にはこのような詩がたくさんあります。かれは自然についての描写から書きはじめます。「私の枯れた楓、凍える楓、どうして白い吹雪に屈んで立っているの?」これは、楓についての話です。これは、ほとんど俳句です。続いてかれは自分のことを話します。「ああ、そして僕自身も近頃なんだか弱くなった」と。

これは日本の「歌」と同じ構造です。短歌も同じ構造を持ち、最初に書き出しがあり、そのあとに感情が続きます。それから、さらに短縮されて俳句になりました。つまり、俳句は形やイメージがあり、それ以上説明する必要はないというようにできています。感情は自然と出てくることになっています。このイメージの移行は多くの人にとってちょっと難しいですが、それは西洋の詩は説明することや感情について、より直接的に語るからです。

私は、多くの人にとって、俳句というものは理解できる文芸だと思います。ロシア文化はかなり日本の文化に近いと思うからです。日本の文化では仏教と神道が混在しています。ロシアでも古代スラヴの伝承、異教があり、そこにキリスト教が伝来したとき、これは完全に厳格なキリスト教ではなく、民衆の習慣と混ざり合い、日本と似たような状態になりました。私たちには、それぞれの山に住む精霊のようなものがいます。他方、少しばかりひとまとめにしたキリスト教があります。日本でも似たようなことが起こりました。神道の神々が至るところにいたときに仏教が伝来し、これらを少しばかりひとまとめにしました。私は、この意味で、ロシアでは日本の詩歌は受け入れられやすいものだと思います。楓についていて話すときは、あたかも楓の精に話しかけているようです。

早春に地下鉄の老人

ドア押さえ

Q――これはちょっと違う俳句です。これは自然を詠んだ句ではありませんね。

これは人間のことを詠んでいます。川柳に近いですね。しかし、早春というのは典型的な季語です。季節を意味する単語がなければいけないというのは、俳句のルールの一つですね。「早春」は、直接季節を指すものです。

いずれにしてもこれは自然に関連していますし、まさにこのドアを押さえている老人は、たまたま押さえているのではありません。かれにも、春がはじまったのです。かれは何かをしようと決めたのです。人生はまだ終わっていません。

高齢の人はいくぶんか鬱になることがあります。もうすべてが終わった、何も面白くない、なんだか人生は失敗したみたいだと考えているところに、自分よりも年上の老人を見かけて、しかも老人が何かをしようとしているというストーリーです。そして、春なんだ、新しい季節が来るようにどうにか自分も復活しなければならないと思う、という句です。

俳句で瞬間を掴む

Q――あなたの俳句からは鮮やかな映像が浮かびます。写真も撮りますか？

はい、写真撮影は好きです。絵を描くのも少し好きです。ときどき、写真を撮ると、もう俳句を書かなくていいな、もう静物画に写してしまったし、と思うことがあります。ですが、俳句のいい点は、まさにすぐに記録できるところです。俳句とは、見てすぐに記録する方法なのです。カメラだと、もっとたくさんの時間を取られます。

たとえば何かを見て、カメラですぐにそれを写し出すことはできません。撮影するまでに、ピントを合わせたり、彩度を上げたりしなければなりません。

私はいま、たくさん写真を撮影しています。主に花の写真を撮っています。花や雲といった、変わった形が好きだからです。ですが、瞬間を掴むのは難しいです。目にするということと写真を撮るということは別物です。その意味で俳句こそ瞬間的です。俳句は自分の頭の中での一瞬の写真です。詩作品をスピーディーに、ざっ、ざっとやって終わりという、侍的な方法です。

Q――あなたは「リャグシャートニク（水遊び場）」というウェブジャーナルを書かれていますね。

私がアメリカから帰国した九〇年代、すでに多くの人が日本の詩歌に関するサイトを作りはじめていましたが、私たちのメーリングリストに新しい人が入ってくると、毎回細かな説明が必要でした。俳句がどのようにできているか、どう書くか、季語とは何かといったことです。また、日本語では一七音ですが、ロシア語の単語は、単純にもっと長いのです。

このすべてを説明する必要がありました。そのために私は最初、人がしばしば尋ねる「よくある質問」を英語で書きました。これは「俳句とは何か？」というタイトルでした。

それから、ロシア語版を作ることにしました。そうすると、興味を持った人がメッセージを送ってくるようになりました。私は句会の開催者のように、最もよくできた俳句を選び、公開するようになりました。「リャグシャートニク」はこのようにしてできたのです。

Q――お子さんたちも俳句に興味を持っていますか？

息子はいま、カリグラフィーに興味を持っています。私はかれを日本の書道に引き込もうとしているのですが、かれはまだ書道にまではたどり着いていません。娘は中国語を勉強しましたし、いまは日本語を勉強したいと思っているようです。彼女はたくさん絵を描いていて、俳句もときどき書きますよ。

＊1　一九世紀末から一九二〇年代、ロシア文学が大きく花開いた時代。

＊2　二〇世紀初頭のロシアで最も人気のある詩人の一人。多くの詩に曲がつけられ、「枯れた楓」は日本でもうたわれている。

ニコライ――国境近くの町クラスノダールで

ロシアの南部、アゾフ海に近いクラスノダール在住。工場で電気機械工として働き、現在は妻、子ども、孫と暮らす。

俳句が私を作ったのです

Q――俳句をはじめたのはいつ頃ですか?

一二、三年前になります。インターネットを通じて偶然知って、俳句の簡潔さになぜか満たされました。技巧を凝らしていないところ、とでも言えばいいのでしょうか。この簡潔さの中に、俳句の最大の難しさが含まれているのだと思います。物事を簡潔に、言葉は少なく、語りすぎることなく、派手になりすぎることなく同時に美しくなるようにする、そのバランスを発見するのはとても難しいです。

Q――初めて読んだのは誰の作品でしたか?

最初はもちろん松尾芭蕉です。

でも、いまでは私の書架には、正岡子規も、与謝蕪村も、小林一茶もあります。

それからもちろん、種田山頭火も。

Q——誰が好きですか？

答えにくいですね。月並みですが、種田山頭火がとても好きです。まず、かれは技巧的ではありません。同時にかれは、俳句のルールを守っていないかもしれません。ですが、かれには自分の言語があるのです。かれはまさに自分のことを語っています。それが印象に残ります。

私は俳句に夢中になり、自分にも俳句が詠めるような気がしました。そこで書きはじめたのですが、時間がたつにつれて、俳句が私を作るようになったのです。

Q——どうやって？

どうやってか、お話ししましょう。俳句を通じて、私はたくさんの面白い人たちと知り合いました。作家だけでなく、芸術家とも知り合いました。このような出会いがきっかけとなって、版画を収集しはじめたのです。それから、俳句に熱中して、日本文化に興味を深めるうちに、日本の絵葉書を収集しはじめました。

Q——どんなものですか？

二〇世紀のものです。

Q——昔のものですね。

とても古い絵葉書で、百年前くらいのものです。日本語の書いてある絵葉書もありますが、何が書いてあるかはわかりません。

Q——どこで絵葉書を？　ロシアで入手したのですか？

外国でも、ロシアでも買いました。いまは、おもにロシアで買わざるをえなくなりました。

Q——日本に行ったことはありますか？

残念ながら、日本に行ったことはありません。いまでは百五十枚ほど日本の絵葉書を持っています。風俗画も、街の風景もあります。すべて、俳句がきっかけだったのです。でも、日本語の習得までは、正直なところ、まだ到達していません。

Q——とても大変な道のりですからね。

大変な道のりです。でも、英語は習得したんですよ。どうして英語を身につけたかというと、俳句の理論に関する多くの文献は英語で書かれたものだったからです。有名なのは、ブライス〔レジナルド・ブライス〕の俳句の四巻本です。この本のロシア語版に出会って俳句に熱中しましたが、何かを取り逃がしている感覚をぬぐい去ることができませんでした。

そこで、英語を勉強しはじめたのです。徐々に英語でも俳句を書いてみるようになりました。もちろん、私にとっては難しい言語です、母語ではありませんから。俳句を英語で発表するようになると、外国に知り合いができました。ここでも、俳句が私の交流の範囲を広げているのです。

これは大きな痛みなのです

遠い戦争
蚤の市に
針一本の時計

Q――この句はどんな状況で詠みましたか？

この句は最近書いたものです。あの出来事が起こってしばらくしてから、より正確には現在進行中の出来事を背景に書いた句です。なぜなら……。

「針一本」には腕一本という意味をこめました。ある意味で、この出来事と関係ある状況が、いつも痛みや苦しみをもたらし、私たちの生活を押し潰しています。その状況を表現してみたのです。そんな意味をこめたのです。

Q――特別軍事作戦がはじまってすぐに書いた句はありますか？

いいえ。最初の頃は何も詠めませんでした。長いこと沈黙していました。

Q――当初はどうして詠めなかったのでしょう？

これは……これはいま、私たちにとって大きな痛みなのです。どうしてか、ご説明しましょう。私たちは親戚がみんなウクライナにいるからです。ここにも、ウクライナにもいます。一方に知り合いや友人がいて、もう一方にも知り合いや友人がいます。この状況はとてもつらいです。よくわかりませんが、これは政治です。どうしようもありません。複雑な状況です。

Q――突然のことでしたか？

もちろん。ショックでした。私たち全員にとってです。

Q――第一報はテレビで知りましたか？

テレビでです。ラジオ、テレビ、インターネット……、すべてのメディアが報じました。

Q――ウクライナに知り合いや親戚がいるということですが、連絡はありますか？　電話していますか？

いまはつながりはありません。なぜかというと、ウクライナ東部にいた私の親戚は、老衰ですでに亡くなっているからです。私の祖父がトレズ出身です。トレズはいまでいうドネツク人民共和国の町です。ソ連時代は、私たちの祖国は一つでした。

ルガンスクにも親戚がいましたが、かれらも高齢で、同じく老衰で亡くなりました。
俳句のインターネットを通じた知り合いもウクライナにいます。とにかく、バリケードの別々の側に知り合いがいます。状況はいま、もちろん、複雑です。

Q――俳句に戻りますが、「針一本」というのはどんな意味がこめられていますか？

破壊、荒廃、これは……。
かつてどこも壊れていなくて、ちゃんと針が二本ある時計が残っていました。でも、あるとき突然針一本になってしまいました。
蚤の市というのは、もう使用できなくなったけれど捨てるのがもったいないようなものが売られています。誰かのところに時計が残されて、蚤の市ではそれを売っています。これは荒廃であり、傷つけられ障害を負ったという現実です。こういった意味です。

Q――遠くの戦争とこの時計の関係は？

論理的に規定するのは難しいです。時間は経ち、どんどん時は進んでいます。
私は、この状況はもちろんいつか終わると思っていますが……。

「関係」を論理的に規定するのは難しいです。コントラストの少ない、ぼんやりとしたなんらかの感情や推測の中にあるものなのです。そういった感じです。はっきりと答えるのは難しいです。

簡単な言葉が共存を生む

簡単な言葉
私たちの間に
春の小川

Q――この句はどういう気持ちで詠まれたのですか?

これは対比です。

春の小川があり、ひっそりと控えめなメロディで音を鳴らしています。人びとが、お互いを尊敬し共通の話題を見つければ、複雑で高尚な言葉は要らず、簡単な言葉で十分なはずです。その簡単な言葉は私たちの間にあります。春の小川のようにです。私たちの間に簡単な言葉があり、私たちの間に春の小川がありります。春にはどちらでも花が咲き、私たちはいわゆる一つの波に乗ることができます。こういった意味です。

Q――「私たちの間」というのは、何かを隔てているのですか？　近づけているのですか？

近づけるものです。「簡単な言葉」、「春の小川」いずれもです。私は、「私たち」を、分けるというよりもむしろ一つにすると考えました。なぜなら、「小川」や「簡単な言葉」を通じたつながりというのが、確かに存在するからです。それに、俳句はそもそも繋ぐものだと、私は思います。

Q――ロシアとウクライナを意味していると理解してもいいですか？

ある程度はそうです。私はいつも、簡単な言葉を用いて共通の話題を見つけたいと思っています。ですが、簡単な言葉とはどんな言葉でしょうか？　たとえば母親や妻に温かな言葉をかけると、母親や妻も温かな、シンプルな言葉を返してきますよね。そんな人間の交流についてです。

Q——お互いに簡単な言葉で話せば、平和や相互理解、調和が生まれるということですか？

そう言ってもいいですね。誰もが、隠した意図を持っていないときは、簡単な言葉を利用したほうがお互いをより理解できます。私たちが、より良く思われようとしたり、より悪く思われようとしたりせずに、簡単な言葉で話せば、そこからきっと、共存が生まれるのです。

人びとがお互いに、簡単で温かい言葉を掛けあうこと。私たちはそうしたいと思っていますが、政治はときに恣意的に操作しています。私のこの希望はすべての人の願いだと思います。

空港は閉鎖されています

Q——お住まいのクラスノダールはウクライナとの国境にかなり近いですよね。

はい。ロシア南部なので遠くありません。私たちのところでは、特に変化はありません。国境にあるベルゴロド州やヴォロネジ州では過熱していますが、私たちのところではそういったことはありません。

Q——空港は稼働していますか？　飛行機は飛んでいますか？

空港は閉鎖されています。ソチを除いて、ロシア南部の空港は閉鎖中です。

Q——なぜですか？

砲撃の可能性から閉鎖したようです。

Q——クラスノダールはウクライナからの避難民を受け入れましたか？

はい。私たちのところでは、ウクライナからの人たちがたくさん働いていますし、暮らしています。二〇一四年からです。[*1]この一連の動きがはじまったときから、すでにウクライナからやってきた人たちがいました。

Q——あなたの周囲には避難民はいますか？

いいえ。近くにはいません。

Q——クラスノダールで最近、変化を感じますか？

ありません。工事も行われていますし、住宅も建てられています。コロナ・パンデミックがはじまったときのほうが大きな変化がありました。あのときは、輸送機関がいまよりもはるかに大掛かりに停止しました。

生命線に貝を置く

引き潮や生命線に貝を置く

Q——生命線とはどういう意味ですか？

手のひらには生命線があります。ほかにも頭脳線などがあって、手相で占っています。私はこの生命線に貝殻を置きました。何のためかは、自分でもわかりません。

Q——ロシアでも手相で占うのですか？

はい。占っています。

「生命線」という言葉は、比喩的に「これは生命線だ」と言うこともあります。貝殻を手のひらに、生命線に置きました。海辺で見つけて、拾い、それを生命線に置きました。

Q――何かを象徴しているのですか？

特別には何も象徴していません。ただこういう瞬間です。いろいろなことを考えることができると思います。貝殻は、海とか、何かの統一といったシンボルだと考えることもできます。家もそうですね、貝殻は何かの家ですから。たくさんの意味を見出すことができると思います。

私自身が海辺で育ちましたので、よく知っているんです。男の子は海辺を走って、貝殻や石を集めたものです。

波が引き、つまり海が引き、浜にはスペースができます。これが引き潮です。人生の特定の段階、位相です。その位相において、生命線の上に貝殻を置いた、そういう瞬間です。

Q――子ども時代の思い出を詠んだのですか？

すべてが混ざっています。子どもの頃の思い出も、大人になってからのものもあります。思い出は残っていますし、それらを荷物のように背負っています。それは、作品内、俳句、もしかするとほかのどこかに、必ず姿を現すのです。これはもしかすると、人生に関する考察かもしれません。そもそも、俳句を論理的に説明するのは難しいことです。

そよ風が吹いて、そこで何かが……言葉ができて、一気に書き留めるのです。ときには、自分ではそれが何なのかわからないこともあります。俳句を書くと、ほかの人から「ほら、君はこれについて書いたんじゃないか」と言われることもあります。自分では意識していなかったのにです。そして、見返してみると、本当にそれについて書いたのだろうと思われるのです。

人生では、ときに立ち止まって考えて、どうにか整理しなければならないことがあります。俳句がこれに役立つのです。書くためには、立ち止まらなければなりません。立ち止まり、深く考え、あたりを見回し、そして突然、日常的な風景――子犬や、タンポポに目が留まります。と同時に、その物と自分の間に意味が満ちはじめます。俳句はそれをとてもよく教えてくれます。最初に私が俳句を読み、その後、俳句が私を作りはじめた、というのが私にとって真実です。

より良い未来を信じたい

Q――いまはとても困難なときです。俳句は現在の状況で役に立ちますか？

はい。まさにいまこの状況で、とても役に立っています。なぜなら……どう言ったらいいでしょう？　少し、別の現実に逃げるのです。というのも、難しいですね。自然があるところ、素朴なもののあるところ、簡単な言葉のあるどこかへ……少し別の現実に逃げて、少し落ち着くのに、俳句はとても役に立ちます。

Q――何かに集中できるということですか？

どうやってかは自分でもわかりません。私は集中して、別の現実に逃げようとしています。

Q――別の現実とはなんでしょうか？

私たちの現実とはグローバルなものだけで作られるのではなく、窓の外のものの、私たちの隣にあるものからも作られます。もしかすると、現実はそういうものからできるのかもしれません。布のようなものです。どんな巨大な布も、細い糸からできています。細かな糸が絡まりあっています。

私たちの生活も同じだと思います。私たちの生活は、まったく些細なことからできています。私たちの周囲にある自然。私たちが誰かに言った言葉、誰かに微笑んだこと……。そうでしょう?

そしてこの点で俳句はとても役に立ちます。

川幼き日
流れに反し
雲泳ぐ

Q——この句について説明してください。
人生も川と同じです。何が起きても、私たちは流れに乗って泳いでいかなければばなりません。ですが、川面に映る雲、このはかない神の創造物は、川の流れに逆らって泳ぐことができます。私たちはそれをうらやむことしかできません。私たちは、生まれてきて、成年になり、大人になり、その後、年をとりますが、その過程でこの流れから脱出することはできません。ですが、雲は、流れに逆行して泳ぐことができるのです。

Q――未来はどこに向かっていると思いますか?

わかりません。正しい方向に、美しく、大きな海へ流れていってほしいです。どちらに流れているのかはわかりません。難しいです。より良い未来を信じたいです。

なぜなら、子どもたちがいるからです。私の孫は、もう十三歳なんですよ。平和と平穏の中で生きてほしいです。

＊1　二〇一四年にウクライナで起こったマイダン革命で、当時のロシア寄りだったヤヌコヴィッチ政権が倒され、欧米寄りのポロシェンコ政権が誕生した。歴史的に親ロシアの人たちが多いウクライナ東部のドネツク州、ルハンシク州の一部はそれを受け入れ

ず行政府を占拠、人民共和国を名乗り、それを排除しようとするウクライナ政府軍との間で八年間戦闘が続き、双方で約一万四千人が犠牲になった。この紛争により、おもにウクライナ東部からロシアへの避難民が急増した。

バレンチナ——チェーホフの故郷の町で

生まれ育ったのはチェーホフの故郷タガンログ。幼い頃から作家になるのが夢だった。大学でジャーナリズムと文学を専攻し、長年工業専門学校で教育担当として働いてきた。退職後に本格的に文学活動をはじめる。

俳句が私の第二の人生

Q――ずっとタガンログで暮らしていらしたのですね。タガンログはどんな町ですか？

　タガンログですか？　アゾフ海沿岸にあり、アゾフ海の波に洗われています。とても暖かい湾があり、魚が豊富で、ロシアで漁獲量が最も豊かなところの一つです。黒海のスプラット［ニシンの一種］、それからスズキ、コイも獲れます。かつては商人の町でした。

　とてもかわいらしい町で、商家の古い建築と現代建築との組み合わせは独特です。タガンログには劇場がありますが、まるでイタリアのスカラ座の縮小コピーです。チェーホフの時代に建設され、ギムナジウム［中等教育機関］の生徒だったチェーホフはそこに演劇を観にいっていました。

　タガンログの町は、チェーホフがずっとこの小さな自分の故郷に愛情を持っていたことや、特に図書館の支援をしたことに感謝しています。タガンログは石を投げればチェーホフに当たるような町です。チェーホフ図書館やチェーホフ劇場——四つもチェーホフ劇場があります——、チェーホフ通りもあります。
私は、チェーホフが学んだ古いギムナジウムの建物の学校で学びました。それはもちろん、なんらかの形で、私の文学への関心や愛着に影響を及ぼしています。

Q——俳句とはどのように出会ったのですか?

退職金で私はすぐにパソコンを買いました。いま、七十五歳ですが、あのときから私の第二の人生がはじまったのです。インターネット上で、私は同じ興味を持っている人たちと交流するようになりました。
タガンログには一九四九年に設立された「チャイカ(かもめ)」という文学団体があるのですが、私はこの団体を少し指導させてもらえることになりました。この関係で、詩と散文の二つのセクションの講義に参加することになったのです。

Q——俳句を知ったのはそのときですか?

そうです。パソコンを買って、短歌や俳句を書いた日本の詩人を知るようになりました。短歌がとても気に入って、自分でも短歌や俳句を書くようになりました。

その後、ロシアでは大衆的な俳句のブームが起こりました。私も大いに刺激を受けて、とにかく詠み続けました。

俳句の囁き
芭蕉の耳打ち
希望湧く

Q——この俳句について伺ってもいいですか？

私はいつも、この句はよくできただろうか、人に気に入ってもらえるだろうか、わかりやすいだろうかと考えながら詠みます。私の書く俳句は日本の俳人から学んでいるので、この句も日本の人たちに親しみをもってもらえるといいと思い詠みました。

科せられた制裁の下で

雷鳴や
乾いた雷雲
誰も潤さず

Q——これはいまの出来事を詠んだものですね。特別軍事作戦についてお聞かせください。

地理的には一部における悲劇ですが、全世界的悲劇、不幸を招く可能性があります。それは、私たちではなく、別の国の人たちが核爆弾を使用する可能性を検討しているからです。ロシアのテレビニュースで見るこの話は、私たちを怯えさせています。日本は広島と長崎で原爆を経験しているので、核がなんなのか、誰よりもよくわかっています。しかし、体験していない人は理解しませんし、人は悪いことは忘れるものですし、加えて多くの国の政権の舵を握る政治家たちの記憶には、どうやらいい思い出しか残っていないようです。かれらは、小さな核爆弾ならどこかに落としてもかまわないと考えているようです。

チェルノブイリの悲劇は、核による被害が一部の地域だけでは収まらないことを示しました。チェルノブイリの事故は、全世界に被害が及ぶ可能性のある出来事でした。このような状況で人類が生き延びられるかどうかは、とても深刻な問題です。

我が国の今回の行動に関して言えば、「我々はあなたたちを殲滅する、そもそも地球上に存在してはならない」と西側から宣告されたとき、ロシア連邦はこのようにせざるをえなくなったということだと思います。私には別の出口がわかりません。もちろん、喜んでいる人はまったくいません。私たちも、ましてやウクライナ人も、さらにはほかの人びとも、喜んでいません。私たちのところでは、現在科せられている制裁で、皆が苦しんでいます。

Q――あなたにはウクライナとのつながりがありますか?

ウクライナには同級生がいます。私たちは大学で一緒に勉強しました。従兄弟もいましたが、かれはもう亡くなりました。

一緒に勉強した女学生は、あちらに二人います。二人ともドネツク人民共和国にいました。そのうちの一人は、娘がドイツに避難し、彼女も行きました。もう一人は、解放を最後まで待ちました。

私は彼女と連絡をとって、話をしました……。彼女は、この作戦でついに解放されたと喜んでいました。[*1] 彼女はロシア語と文学の教師です。ドネツク人民共和国では専門家が少ないので、専門性を向上させ、ロシア語と文学を新たな国家で教えるためにもうすぐロシアのロストフに研修にきます。

とても複雑な世界です。ですので、この状況を一義的に評価してはならないと思います。

クリミアへの思い、ウクライナへの思い

Q――ソ連で生まれ育って、ロシアとウクライナが戦うことになると思っていましたか?

考えられないことです。ほとんど一つの民族なのですから。互いに付き合いも深いものでしたし、ウクライナにも何度も行きました。ソーセージを買うのに、モスクワからウクライナに何度も行きました。現在のような状況は、想像することさえできませんでした。

私にとってはまず第一に、ソ連が崩壊したことが大惨事でした。各共和国が独

立したとき、私は自分の知り合いに、ソ連の崩壊は受け入れるけれど、クリミアを失うのはいやだと言いました。

私たちのクリミアだったからです。クリミアにはチェーホフが晩年を過ごしたヤルタがあります。いま、かれらが自分たちのものだと思っているのと同じく、私のクリミアでもあります。

そしてベロヴェーシの森で分離に関する驚くべき話が交わされたとき、ウクライナの指導者が——名前を度忘れしましたが——、私たちの指導者に、「クリミアはどうしましょうか?」と聞くと、エリツィンは「持っていってください」と答えました。それで終わりです。[*2]

もう一度言いますが、私はソ連崩壊は受け入れます。なぜなら本当に巨大な国で、その成立から歴史的に類を見ないものでしたし、崩壊は運命づけられていたのかもしれません。ですので、……同意します。私は崩壊のとき、銃で自殺しようとはしませんでしたし、首吊りもしませんでした。これを受け入れました。ですが、クリミアを明け渡したことは、あの当時も思いましたが、これは間違っています。

Q――ウクライナに住んでいる人たちのことはどう思いますか？

とても悲しい状況になるでしょう。私たちの大統領は、世界のリーダー全員とウクライナに警告していました。

かれらがドネツク人民共和国とルガンスク人民共和国をめぐる戦いをはじめれば、つまり、恒常的に攻撃しはじめれば、ウクライナは国家を失うリスクを負うと宣言していました。かれらは警告を受けていたのです。いま、すべてがこの方向に向かって進んでいます。私たちだけが悪いのではないと思います。

Q――ウクライナ人に対してはどう思いますか？　態度は変わりましたか？

全体として、変わっていません。でも、あのファシストの輩だけは例外です。それ以外のウクライナ人全員は、私にとって素晴らしい人生の仲間でしたし、いまも変わりません。

私はウクライナ中をたくさん旅行しました。……ゴーゴリやタラス・シェフチェンコもいますしね。

核の脅威と文化のキャンセル

広島の翼の陰
怒れる愚者が
地球を揺らす

Q——この句は核の脅威について詠んだものですか？

この状況では核戦争の脅威があります。この句は、それを戒めている句です。いまのこの状況で、怒りの感情や、刹那的なメッセージ——誰かを殲滅しなければならないとか——に従って行動してはなりません。戦車でできないのなら小さな核爆弾で、というのもやってはいけません。これはやってはなりません。

文化キャンセル
昇る日なき地
夜に沈む

Q――この句は現在ロシアが置かれている状況について詠んだものですか？

このような状況になって、西側では、ロシア文化をキャンセルする動きが進行しています。文化を取りやめるとは、どういうことでしょうか？　日の出をやめましょうと言うのと同じことです。

これは意味のない取り組みで、なんの関係もないことです。チャイコフスキーやチェーホフを禁止することができますか。たとえば、演奏せず、上演せず、絵を展示しないことにするとしましょう。ですが、かつてその文化に触れた人は、どの国の人でも、心のどこかでその文化への温かさを持ち続けているのだと思います。

心拍異常　轟音

すべて粉砕

戦争の歯ぎしり

Q——少し説明していただけますか。

あなた方のところで、ジャーナリストたちがウクライナで起きている恐ろしい場面をどの程度報じているのかわかりませんが、私たちが目にしているのは恐ろしく耐えがたいものです。私個人は、少なくとも国境からあまり遠くないところに住んでいます。頭上には戦闘機が飛んでいますし、その轟音もとても不快です。ドネツク、ルガンスク人民共和国の人びとが、これまで八年間も、爆撃が続く環境で生活し、命を落とし続けてきたという事実は、私にはとてもつらいです。

もうソ連には戻れない

Q——ロシアはソ連に戻ろうとしているのでしょうか、あなたはどう思いますか？

同じ川に入ることはできないのです。そうでしょう？　あそこに戻ることは、私たちにはできません。ソ連崩壊後のロシアにはたくさんのポジティブな経験がありました。

はっきり言いますが、私はソ連共産党員でした。れっきとした党員でした。でも、私は、当時の支配階級が強制するような生活を送りたくないと思っている人たちと夢を共有していました。正直に言いますが、各共和国の独立のための闘争にも賛成していました。ですが、時間が過ぎて、私はこういった方法をとったことは間違いだったとわかりました。

ですが、あのときはそれを受け入れる必要に迫られていたのです。私たちには自分たちの利益を達成するための選択肢がほかにはなかったからです。ですので、私はソ連が崩壊したのを受け入れたのです。私は、掲げられた理念にもかかわらず、その理念に全然一致していなかったソ連に戻りたくありません。特に、厳しい制裁を下していたスターリンの時代に。絶え間ない迫害、かれはおそらくほかの方法はとれなかったのだと思いますが、私は戻りたくありません。

私は、いま私たちにあるものが大事です。私は、他の国々との関係に満足してきました。日本の磁気マッサージ器も使っていますよ。壊れないように大切に使っています。もう、どこからも調達できませんからね。

私は昔に戻りたくありませんし、誰もそれを望んでいません。プーチンも、ほかの人たちも望んでいません。なぜなら、ソ連時代には良いものがたくさんありましたが、一方で続けられないもの、必要のないものもあったからです。

Q——ロシアはどうなったらいいと考えていますか?

ロシアを殲滅しなければならない、そうすればほかの皆がよくなる、という一つの歌がうたわれています。では、私たちはどうすればいいのでしょうか。とても悲しいです。

私は、最終的に平和が来ることを心より望んでいます。

＊1 プーチン大統領は今回の侵攻の理由のひとつとして、ウクライナ東部の人たちをジェノサイドから救うためとしている。ロシアはウクライナ侵攻直前の二〇二二年二月二十一日、ドネツクとルガンスク両人民共和国を独立国として承認した。さらに同年九月には、住民投票を経て、ロシアへの併合を宣言している。

＊2 一九九一年、ポーランドとベラルーシの国境にまたがるベロヴェーシの森で、ロシア共和国大統領エリツィンが、ウクライナとベラルーシ共和国代表と秘密会議で、ソ連の消滅とそれに変わる新しい共同体創設の合意を取り決めた。これがゴルバチョフ失脚、ソ連崩壊を決定づけた。このとき、クリミアはウクライナに帰属するとされた。

オレク——古都コストロマの森で

モスクワから北東三百キロにある森に囲まれた古都コストロマ在住。生まれ育ちはロシア北極圏のムルマンスク。地理学を学び、気象関係の仕事につく。のちにロシア正教に帰依し、現在は教会で働く。

不幸の予感はありました

Q——俳句との出会いは？

かなり最近のことです。まだ一年もたっていません。詩は一九九五年から書いています。もともと私の書く詩は短くて、凝縮したものでした。それを読んだ知人が、東洋の伝統に近いとアドバイスをくれたのです。

ですが、当時の私は、俳句にも、東洋の詩にも、日本の詩にも興味がありませんでした。短いフレーズにできるだけ多くのものをこめ、ただ感じたとおりに自分にしっくりくるように書いていただけです。ミニマリズムの原則にそっていただけです。自分でもよくわかりませんが、ある日突然俳句に興味が湧いたのです。

実は、俳句というものには特定の形式があるらしいということに、当初は困惑していました。五、七、五のリズム、これはある種の枠組みです。私には枠組みがないほうが親しみやすかったのですが、やってみたっていいじゃないかと思ったのです。何かしらの枠組みは、人を制限するだけではなく、反対に豊かにすることもありますから。

ここに、私の書いたものがありますが、私はこれを俳句だとは言うことはできません。俳句のスタイルに合致するには、私が見たところでは、微妙な違いがまだ多すぎるように思えます。

日本語とロシア語は別の言語ですから、音節は比較的無視しても構いません。しかし、俳句の重要な要素に「季語」があります。季語とは、時間や場所の表示、ベンチマークのようなものです。ときどき、季語がなければいけないと考える一方で、もしかするとなんでも季語になるのではとも考えます。

いまは俳句が面白くて、可能な限り、インターネットでたくさん読んだり動画を見たりしています。

冬の夜
天地創造よりの
暖炉の火

Q――これは二〇二二年二月二十三日、特別軍事作戦の前夜に詠まれたものですね。何か予感がありましたか。

いいえ、関係ありません。

Q――関係があるのかと思いました。

どうやって前日に？　二十三日には、そのこ、こ、ことは誰も知ることはできませんでした。もちろん、推測することはできました。ですが、これがまさに二十四日に起きるとは……。ただ、なんとなく不幸の予感はありました。

Q――次の句は三月四日に詠まれていますね。

二月

川面に穴ルーシの水すべて黒し

Q――この句を詠んだときの気持ちを説明していただけますか?

これはもちろん、現実に即した句です。春のはじまりでした。私の住んでいるところでは、となりに川があります。窓からとてもよく見えます。曇りの日だったのですが、氷が融けてそこだけ真っ黒い穴に見えました。

私はあの政治的に正しくない言葉を使いたくないので、そうですね、「軍事的出来事」とでも言いましょうか。ロシアという国を覆う全体的不幸の感覚、どこか遠くで不幸が進行しているという感覚があります。イメージとしては、国の全土で水が黒いのです。これはより黒くなりますし、ある種の暗黒、悪がやってきます。

Q――あなたにとって予期せぬ出来事でしたか?

私にとってですか？　はい、そうです。とはいえ、私たち一人ひとりに、平和や、世界における自分の居場所に対する自らの態度があります。そしてこれは……。もう長年、もしかすると数十年間、私たちはすべきではないことをしてきたというような感覚があります。数十年にわたる背景があり、これはただその結果です。わかりますか？

私たちはここで暮らしています。蝶のようにあちこち飛び回っていたら——なんということでしょう！——突然雨雲が出てきて、雨や雪が降って、それでおしまい、ということではないのです。こうなることはあまりにも明白でしたし、すべてがこれに近づいていることはわかっていました。不可避でした。

Q——いまは誰と暮らしていますか？

私は一人暮らしですが、近くに猫の友達がいます。

ウクライナの大地に対して

母は息子のもとへ
ウクライナの地に
頭垂れ

Q——説明していただけますか?

ウクライナでの出来事の現実を知っている人は、このような感情が……。実は、この作戦の初期には、ウクライナの大地に取り残されて亡くなった兵士がとてもたくさんいました。かれらはウクライナの大地になりました。かれを二十歳や十八歳、あるいは三十歳まで育てたこのかわいそうな母親は、どこでかれの遺骨を抱けばいいのでしょうか? 母親に送ってくれるでしょうか? この母親には、ウクライナの大地に対し頭を垂れていく以外にありません。ほかに何ができますか? 彼女の息子のかけらはどこにあるのでしょうか? それはすでに土になっているのです。これは悲劇です。

Q――あなたの知り合いで招集された人、あるいは戦闘に参加している人はいますか？

軍にですか？　いいえ、知り合いにはいません。しかしこの町の中にはいます。直接の知り合いではないですが、こういう人たちがいるということは知っています。ある人は志願して、契約兵としてウクライナへ行きました。

夜

見えぬ闇に沈みし
神への問い

Q――この句は？

夜、私は空に質問します。私の、まさにいまこの瞬間の切実な質問です。沈むというのは、答えがないということです。仕方がありません。私たちはいつでも神からの答えをもらえているわけではありません。……あなたは異なる文化、異なる宗教の人ということはわかっているので、正確になんと言えばいいのかわからなくて。難しいです。

Q――あなたは教会に通っているのですよね？

はい、もちろんです。

Q――特別軍事作戦がはじまってから、教会に行って祈ることは変わりましたか？

個人的なことで言えば、当然そうです。個人的な範囲に入るのは、自分、誰か親しい人、親族、こういった近い人です。私たちは、心から全力で何かを願い、祈ることができます。教会で話せるのは最も切実なことだけです。平和や世界の運命について祈るためには、自身が、高く燃えあがるものを持った人にならなくてはなりません。

わが国にとっての暗黒の日々について、私は自分の句の中に漂う予感を信じています。つまり、最終的に私たちに良いようにはなりません。時の流れの中ですべては変化していたのです。何か新たな問題が発生し――ロシアではこのように言いますが――、私たちはその対応をする必要に迫られたのです。

Q――次は四月に詠まれた句ですね。

壊れた家
誰がために咲く
向日葵は

たんぽぽに青い空
至る所に
ウクライナ

この出来事の強い引力

Q――これは実際に見たことですか？　想像で詠んだものですか？

最初の俳句は――これが本当に俳句といえるのであればですが――、イメージとして詠みました。心像風景と言っていいかもしれません。はっきりとは覚えていないのですが、私はどこかで壊れた家と煙突を目にしたのです。ヒマワリはそこにはありませんでした。

二句目は、これは本当に目にした光景です。私たちの教会の近くに、黄色いタンポポが咲く広場があるのです。そして青い空があります。直接的な連想です。この光景はどこにでもあります。私たちの国だけでなく、世界のどこにでもです。黄色い草原と青い空があるところはどこでもです。

Q――それを見たとき、何を思ってこの句を詠みましたか？

とてもシンプルです。実は、私たちの頭と魂はずっと、私たちにとって、最も切実なことに占められています。……それは、この出来事です。なぜなら、この出来事に連なるすべてをとても心配しているからです。何かの光景を見るとすぐにこの出来事に引き戻されますし、この連想が痛みを伴って湧いてくるのです。

分断がもたらす「前線」

ロシア世界家庭の出合いは前線に

Q――これはどういう意味ですか？

全然わからないですか？　それとも答えを感じていらっしゃいますか？

Q――この句の、「家庭の出合い」とはなんでしょうか？

「ロシア世界」というのは、ロシアでは広く知られた専門用語です。[*1] この思想のためにこの出来事すべてがはじまったのです。ロシア世界を保護するため、前進させるためです。

そして、残念ながら、当然のことですが、友人たちの間で分断が進んでいます。家族さえも分断して、言い争いや仲違いが起きています。最も近しい人、両親や子どもたちとでさえ、この出来事に関する意見が出てきたとたん、当然ながら、議論が燃え上がりはじめます。「前線」が発生して、戦いがはじまるのです。とても近しい関係の人びとの間でです。

Q——あなたの知り合いや親戚はウクライナにいますか?

はい、います。ですが、実はもっと以前にあった出来事のせいで、私たちの関係は途絶えてしまいました。というのも、……かれらはおもにクリミアにいたからです。わかりますか? クリミアですから。……この句もそれに関係あります。難しい問題です。

私自身、何度もクリミアに行ったことがありますし、父がかつて住んでいたので、定期的に長く滞在していました。当然ながらウクライナを経由しますし、ウクライナの言語にも興味を持ちました。ウクライナは、私にとってとても近しいのです。私たちのところでは、自分の中には一パーセントのウクライナの血が入っているといいます。遠い親戚やあるいはそんなに遠くない親戚がいます。……かつて私たちの国では、すべてが混じりあっていましたから。

Q――現在はつながりはないということですね？

言い切れないのですが、ないと言っていいです。

俳句も作りました。でも、これはもう俳句ではないかもしれませんね。

クリミアは誰のもの？　不安を抱え　友に聞く

わかりますか？　これは友人への問いかけなのですが、私は不安なのです。

クリミアはロシアのものなのでしょうか、それともウクライナのものなのでしょうか。ここにもまた、「前線」と仲違いがあります。この話題で友人との関係は破綻するかもしれません。すべてこうなのです。

ロシアの春　知人の服の　血痕に気づく

Q――血痕は実際に見たものですか？

これは内面的な感覚です。国民や、私の近しい知り合いについてのイメージです。

いまも、ミサイルが落下したとか、民間人が死亡したという報道が流れます。でもロシア国内では何も変わらず、すべてがそれまでと同じように続いており、私の知り合いは暢気に過ごしています。私は、かれらは間接的にこのすべてを支持していることになると思うのです。かれらにも血痕がついているという感覚です。

物理的にではなく、心に見えるものです。私たち全員が、このことに間接的に罪を負っているのだとすれば、この血は私たちの白いはずの、清潔そうな衣服についているのです。本当は清潔ではないのです。

私たちがこのすべてに対して、……無関心だったり、直接支援していたり、知識がなかったり、あるいは意識的だったりしています。ちょっと話題がずれてしまいましたね。

言論統制下でのそれぞれの選択

Q――次の句ですが、これも春に詠まれていますね。

この春
ロシアの真実は
心の中だけ

一定の制限が……、ええ、そのことと関連しています。[*2] 話していいのは自分に対してだけです。友達には話してもいいですが、知り合いに話すのはもう……。そもそも話をする価値があるのでしょうか。いまや私たちは、インターネットで、何が起きているのかを目にすることができます。ですので、沈黙しなさい、ということです。

何か抑圧があるかもしれないという恐れからではありません。もう事は進んでいるのです。誰かの目を開かせることに、意味があるでしょうか。一人ひとりがすでに選択をしています。

Q――「選択」というのはどういう意味ですか？

ウクライナへの態度についての心の中での選択です。これは単純なことではありません。人は、生きていて、突然何かを耳にして、「これだ、私の態度はこれだ」となるわけではありません。かれが生涯かけて精神を構築してきた結果なのです。それが私たちの反応となって表れるのです。何かが起きると、私たちはすでに数十年にわたって自分の中に蓄積されたものを表に出すのです。

今度の場合もそうです。誰かが質問してきたら答えることはできます。自分の立場を説明して、その人にこれらの出来事について、自分の意見の説明を試みることはできます。ですが、すでになんらかの自分の立場を表明している人を説得しようとしても――それはほとんど争いにしかならず、あの戦いの続きになります。はたしてそれは必要でしょうか。

Q――身近な人たちや友人たちとは話をしますか？

もちろんです。近い人とは。でも、私には、考え方の近い、なんでも話しあえる人は一人しかいません。自分の感じること、感情、これらは誰かと共有されることを求めています……。そういうものなのです。たった一人でも、このような人がいてよかったです。

Q――俳句は、自分の考えを表現するのに役に立っていますか?

実は、俳句は私にとって精神的に一番近いものです。説明してみますね。私は韻を踏んだものも書きますし、とても長いものも書きます。普通の詩的なテキスト、特に韻を踏んだテキストであれば、そこにはばねのようなものがあり、そのばねが外へ向かって飛びます。わかりますか? ばねは外へ飛び出そうとします。俳句は反対です。これは三回だけ飛ばせる短いばねのようなものです。しかも、このばねは内側に向かって渦を巻いています。イメージや韻、暗喩を用いて外に飛び出そうとするのではなく、内部へ向かうのです。しかも、簡潔な言葉を用い、伝統的な制限を用いて。私たちは規則を守ろうとしていますが、いつでもうまくいくわけではありません。やってはいけないこと――普通の詩ではいいけれども、俳句では望ましくない、といったものがあります。こういった制限はとても多くのものを与えてくれて、最終的に私の心の状態と一致します。俳句は自分や世界の出来事を認識し、言葉で表現する方法なのです。

五月九日の夜
自転車急ぐ
町のディスコ

Q——五月九日は第二次世界大戦、ロシアの大祖国戦争の戦勝記念日ですね。*3

ええ、これは実際にあったことです。この界隈のもう少し先のほうにディスコがあります。ロシアでは日中に戦争犠牲者の追悼イベントが行われました。しかし、なぜか夜の十一時くらいになると、若者たちのための派手なディスコが開かれます。まったく追悼イベントと結びつかないのですが。そして自転車に乗った若者が急いで走っていきます。かれはそこで楽しむために、まっすぐに、急いで走っています。五月九日はこういう日でした。残念ながら、陽気に騒ぐ日でした。

Q——この日、あなたは何をしていましたか?

特に何もしていません。普通の一日でした。祝日ですが、いまは残念ながら、この祝日をポジティブにとらえるのがとても難しいです。そもそも、とてもたくさんのことがあべこべになっています。ですので、追悼イベントに参加するのはとても難しいです。

核という脅威

夕刻に
柔らかき雪
核の灰のごと

Q――日本人にとってこの俳句はとても印象的です。

これはもしかすると、少しばかりおおげさかもしれません。ですがいま、核兵器使用の脅威が語られています。雪が降っていたら、それが灰になるかもしれません。イメージですが、そういう雪が降っているところを詠みました。このような灰が、残念ながら私たちの貧しい大地に降るかもしれません。
夜の静けさの中で、この灰がひそやかに降るかもしれないという現実の感覚がありました。日本では実際にこういうことがありましたし、人びとの魂の傷のようにいまだに残り続けているのでしょう。

Q――そうならないようにという願いですか？

もちろんです。誰がこれを望むでしょう？　誰も望んでいません。このようなことが起きる可能性は、少なくとも現時点では低いと考えられています。そうであることはわかります。しかし依然として、これらは脅威のままです。ありがたいことに、すでに起きていることよりも悪いこと、ひどいことはまだ起きていません。

Q――今後どうなっていくと思いますか？

すべてを更新しなければなりません。このすべてが変わらなければなりません。ですが、それが良いもの、善なるもの、聖なるものになるかどうかについては、私は疑いを持っています。私は……より悪くはならないと思います。が、ときどき、いま以上に悪くなるのでは、と思うこともあります。どのようなことも起こりえます。

私たちはロシアの歴史を知っていますし、過去の危機がどのようにして終わったのかを知っています。危機は、いつも動乱やさまざまな不幸で終わっています。……楽観的になれる理由はまったくありません。

たとえば、政治学者たちはどうでしょうか？　かれらも同じく、こうなるかもしれないと、なんらかの説を披露します。ですが、誰が正確に言い当てられますか？　誰にも言い当てられません。

翼があったら飛んでいく

鳩よ

何がお前を引き留めぬ

私は遠き国へ

私の家には鳩のつがいが住み着いていて、私は餌をあげています。いつも同じ鳩かどうかはわかりませんが、恐らくそうです。なぜかこの鳩たちはいつもここにいます。ほかの鳩がやってくることもありますが、飛び去っていきます。ですが、このつがいの鳩だけは、必ずここにいます。

何かがかれらをここに引き留めているのです。もしかすると、私たちの生活に何か感じるものがあってここにいるのではないかというように、私には思えます。私はそのことに驚きました。だって、鳩には翼があるのですよ。どこか、条件の整った別の、もっと快適な場所に飛んでいくべきです。ですが、この鳩たちはここを歩き回っています。私に翼があったなら、私は飛んでいったことでしょう。でもこれは単に言葉の綾です。実際には、私はどこへも飛んでいきません。ときにはとても飛んでいきたくなることはありますけど。

私たちは皆、鳩なのです。どこかで暮らし、別の場所を求めていますが、結局私たちは自分の家で暮らし続けるのです。

Q――どういうところへ行きたいと思いますか?

いくつもあります。ですが、私は本当に、それは無理なことだとわかっているのです。なぜなら……。これが三十～四十年前だったら、考えてもよかったでしょう。ですが、六十一歳のいま、これを考えてどうなりますか？

私はこれまでに、いくつもの美しく素晴らしい土地に行きました。ですがいま、どこへ行くべきなのかわかりません。そこは、もしかすると、私がいまいるところからそれほど遠くないところかもしれません。平和で、穏やかにものが書けるところ、というのがいいかもしれません。俳句に限らず、何か書きたいと思うもの、必要なものを書くことができるところです。

人はその人の暮らす時代に生きています。あらゆる人間は、これに対して、絵画や音楽、文章といった方法や手段で反応する義務があります。

ロシアのことわざに、「決めたことを止めるには遅い」というのがあります。一度何かを決めたらその通りにしなさい、自分の選んだ道の枠内で対応しなさい、ということです。俳句も同じかもしれませんね。

俳句を学ぶとき、面白い課題がありました。自分の考えと感情を、盆栽で表現してみるという課題です。盆栽は育ち、枝葉を剪定しなければなりません。あらゆる方向に伸びたり這ったりする枝を、試行錯誤しながら剪定して見事な盆栽が出来上がるのです。この課題は俳句を書きたい人にうってつけだと思います。

私は、日本が、ミニマリズム、峻厳さ、自然に対する愛情を具現化したことに感謝しています。一番重要なことは、人の内面の状態に対する関心と、内面の状態と外部の出来事とのつながりへの関心です。俳句はまさにそれを具現化したものです。

出来事というのは一瞬のことでも、花やミツバチ、蝶などでも構いません。日本の精神がこのように役に立っていることについて、とても感謝しています。

兵士を見送る朝に

Q——九月にはロシアで予備役の動員がはじまり社会に大きな衝撃を与えましたが、次の句はそれを詠んだものですね。[*4]

動員見送り
半数は笑い

半数は号泣

Q——どのような状況で詠みましたか？

私はこの様子を動画で見ました。インターネットに、動員兵やかれらを見送る人たちの動画があるのです。この句はその様子です。実際にそこでは、泣いている人もいれば、笑っている人もいました。

Q——すべての町で兵士の見送りがあったのですか？

はい。兵士の見送りは早朝にあります。私たちの町では、まずかれらをバスに乗せて、州のセンターへ連れていきました。私は行きませんでしたが、見送る様子を撮影した動画を見ました。私たちの町では人びとは比較的穏やかで、でも、深く悲しみに沈んでいるように見えました。

Q——なぜあなたの町では比較的穏やかだったのですか？

それは第一に、田舎だからです。ここはコストロマ州ですので、歴史的に、人びとは穏やかに暮らしてきました。

Q――あなたの知り合いで動員された人はいますか？

はい。知り合いが一人。私はかれと話をしました。かれが私に電話をかけてきてくれたのです。しかしかれは新型コロナウイルスに感染し、いまは病院にいます。ですが、健康な状態に戻ったら、ウクライナに送られるでしょう。残念ながら。

Q――若い人ですか？

三十五歳くらいか、四十歳手前くらいかもしれません。

Q――その人にとって、動員は予期しないことでしたか？

わかりませんが、ある程度はそうでしょうね。私も動員される恐れはあります。動員について話をしていて驚いたのは、インテリの人――教育を受け、基本的に状況を理解しているはずの人たち――が、動員に対して受動的であることです。つまり、かれらは、「召集されたなら従わなければならない」と言うのです。

これにはとても驚きましたし、私はかれらがこのような反応をするとは思ってもいませんでした。私は瞬時に、人びとの意識の変化がどれほどのものかわかりました。教育を受けていない素朴な人たちはテレビニュースを信じていますから、そう思ってしまうのは当然なのかもしれませんが、自分で考えることのできるはずの人――その人たちにどこにも逃げ場がないことはわかっていますが――、その人たちが、「受け入れなければならない。私はどこにも行き場がないし、召集されたら外国や森の中に逃げたりすることはできない」と思い込んでいるのです。かれらのこの状況に対する、それから自分に対する態度にとても驚きました。

Q――動員後、社会の雰囲気は変わりましたか?

そうでもないと思います。これは社会学者に聞いてみなければなりませんね。というのも、私は自分の小屋から週に五回出かけるだけですから。ですが、インターネットを見ていると、まだ変わっていないと思います。大都市では状況は違うかもしれません。しかし、これに異を唱える多くの人たちが、実際に目に見えるようになる段階にはまだ至っていないと思います。

Q——秋になって森の中で詠んだ句が二句ありますね。

森に建つ
あばら家空に
届くよう

Q——これはどう理解すればいいでしょうか？

私は、親切な知り合いの小さな土地に、夏を過ごすために——もしかするとずっと住むことになるかもしれませんが——小さなあばら家を建てています。そこに住んで、思索を巡らせたりしたいと思っています。この家は、見た目は鳥小屋のようで粗末なものです。私は、その中にいて思索を巡らせ、それが空に届くことを願っています。

Q——森の中で詠んだ俳句はもう一句ありますね。

秋の森
見つけた私
一匹の蚊

ロシアやヨーロッパの森林の特性かもしれませんが、秋になると蚊はほとんどいなくなります。私たちのところでは、夏は森に蚊が大量に飛んでいます。ですが、初秋にはもう、蚊も、ブヨも、すべてが姿を消します。

このような時期には、森の中を穏やかに歩き、風景を静かに眺めて楽しむことができます。血を吸う虫は一切いません。ですが、どこから出てきたのか、一匹の蚊が現れました。この蚊が私を見つけたのか、私たちがお互いを見つけたのか。これは実際に起きたことです。

Q——一匹の蚊というのは、あなた自身を……。

はい、これは自分自身を投影したものです。このような手法がありますよね。つまり、自分の状態をほかの対象物に投影するというものです。もしかすると、蚊も孤独かもしれません。私も孤独で、蚊も孤独です。かれは森の中に一匹でいました。私も森へ一人で行くのが好きなんです。

将来を楽観することはできない

Q——人と人とのつながりや、人間関係は変化していますか？

私は、それほど交友関係が広くありません。ここでの人との付き合いは変わりませんが、少し閉鎖的になったかもしれません。なぜなら、人びとはすっかり分断されてしまい、この出来事について話をすることに展望がないことがわかっているからです。私は、この出来事や動員やその他に関して、少数派、圧倒的少数派です。

先ほども言ったように、話をすることのできる人がたった一人いますが、これは珍しいことです。ほかの人とは、この出来事の話をしないようにしていますし、仕事上の話しかしないようにしています。

残念ながら人との関係は壊れつつあります。すでに二〇一四年のクリミア併合のときからです。クリミアは誰のものかという話になると、すぐに友情は終わってしまう、そういうこともありました。

それまでは普通に会話することができました。

ですが、繰り返しますが、何か新たなことがはじまったとき、突然いろんなことが明らかになるのです。これを乗り越えていくのはとても大変です。

私は何度も考えました。政治的な視点が異なる人と交流を続けることを、何が邪魔をしているのだろうかと。そして、この状況とかなりよく似た状態があることに気づきました。「内戦」と呼ばれるものです。人びとは、突然分断されるのです。かれらは、なぜか以前と同じように関わることができませんし、お互いを殺そうとさえします。

問題はさまざまな現象の重要度なのです。重要度が低ければ、私たちは穏やかにこの境界を超えることができます。すべては重要度次第です。自分にとってその問題がどれほど重要かによります。もしその問題が最大限に重要だったら、私は、ある種の状況においては他人の意見に最大限に厳しくなるでしょう。

Q――最後の質問です。ロシアの将来はどうなると思いますか？

あまり楽観的には思えません。もっと悪くなるかもしれません。とはいえ、ここでは誰も、一切予言することはできません。とてもたくさんのファクターがありますし、すべては神の御手の中にあるからです。

私にとっては、この状況は嫌なものです。私はたとえば、品不足による困窮への準備はできています。一九九〇年代のソ連崩壊時の荒廃のときのように。ですが、あのときと違いますね。当時は、生活はとても大変でしたが、未来への展望はありました。いまは、そういったものはないような気がします。国は閉鎖されていませんが、ある閉鎖された空間で、最も恐ろしいものが、底から湧き出ようとしているようです。

＊1　ロシア世界とは、ロシア、ベラルーシ、ウクライナを含む東スラブ圏を意味する。また、ロシア語圏の世界全体を指すこともある。
プーチン大統領は演説で、ウクライナはロシアと歴史的、文化的に不可分であると

語り、その一体性を強調した。

＊2 二〇二二年三月、プーチン大統領は、軍に関しての偽情報拡散に最大一五年の刑を科す刑法改正案を出し、言論統制強化を図った。ウクライナへの軍事侵攻を戦争でなく、特別軍事作戦と規定、戦争と呼ぶことを禁止した。

＊3 五月九日は「大祖国戦争戦勝記念日」。第二次世界大戦をロシアではこう呼ぶ。ロシアで最も重要な祝日。
　第二次世界大戦でソ連は二七〇〇万人の犠牲を出し勝利した。その戦いはいま、国民の愛国心を培うものとして、プーチン政権は五月九日を毎年盛大に祝っている。

＊4 侵攻当初からプーチン大統領は侵攻を戦争ではなく特別軍事作戦として、軍人のみを派遣としてきたが、兵員不足から九月にロシア国民の予備役の部分的動員を発表。市民の徴兵は国民に大きな衝撃を与え、モスクワをはじめとして、反対デモや集会が頻発、多くの若者が徴兵を避けて出国した。

イリーナ——北の湖沼の町で

サンクトペテルブルクの北に位置するカレリア地方の町に暮らす。物理学者で、放射線金属物理学を研究していた。現在は年金生活。七十六歳。三人の子どもと七人の孫と一人のひ孫がいるが、子どもたちは独立し、現在は一人暮らし。

生き延びるための俳句

Q――俳句との出会いについて教えてください。

私の友人が、松尾芭蕉の句集を誕生日にプレゼントしてくれたのです。ここからすべてがはじまりました。読みはじめて心を奪われ、すぐに俳句を作ってみることにしました。下手でしたが、作っていく中でいろいろ本を読んで、より深く掘り下げていくようになりました。この芸術に取りつかれたのです。

いまでは、どこかへ出かけて何かを見て、自分の人生に重ね合わせるようにさまざまな瞬間を詠んでいます。

俳句は、あらゆる困難な状況で生き延びることを手助けしてくれます。

今年［二〇二三年］、夫が亡くなったのですが、俳句の創作は、この困難に耐える助けになっていますし、ストレスを少し忘れさせてくれるのです。俳句のおかげで生き延びることができます。

俳句と出会ったのは一九九八年ですが、この年は私の最初の夫が亡くなり、エリツィン政権下の国内は、移り変わりの激しい時期でした。私の手元には育てなければならない子どもが三人残されました。そういった厳しい環境もあって俳句に逃げたのです。この芸術が、私が生き続け、生き延びていくことを手助けしてくれたのです。

静寂の沈黙
中国人形
こっくり頷く

Q——この句は、あなたの夫が亡くなったときに詠んだものですか?

そうです。夫を亡くしてからの最初の数か月はとてもつらかったです。私は最初の夫を一九九八年に埋葬していて、結婚は二度目でした。最初の夫の死後、二人目の夫と知り合って、いっしょに暮らしました。二〇一〇年三月八日に私たちは婚姻届けを出し、それからちょうど一二年後の三月八日の国際女性デーに夫は集中治療室で亡くなりました。

晴れた朝
君の魂
天国へ

Q――この句も夫の死を詠んだものですね。どういう状況で詠みましたか？

これは、夫の死後ちょうど四十日目に詠んだ句です。

四十日目というのは、魂が地上の住処《すみか》を離れると考えられています。魂は空へ去っていきます。これで終わりだ、もうここに夫はいないんだ、という認識が湧いてきます。私はこのように四十日目を感じていました。四十日目までは、かれは出張に行ったか、短時間どこかへ行っただけなのだというような状態なのですが、四十日目はまるで遮断機が下りるように、これでおしまいとなるのです。もう私たちの元には戻ってこないのだと、はっきり理解するのです。話をすることも、声を聴くことも、姿を見ることも、もうありません。

Q――このような悲しみを俳句に詠むとき、どんな気持ちですか？

安らぎと、調和を得られます。私は心から安らぎを得ることができ、この先の人生も前に進み続け、この世での自分の仕事をすることができます。この先の人生に力を与えてくれます。この方法を使わなければ、深刻な鬱になってしまうかもしれませんから。

Q――自分の気持ちを俳句に託しているということですか？

はい、そういうことになります。私は自分の気持ちを吐き出しています。

Q――気持ちを吐き出すと同時に記憶として俳句の中に留めておくということですか？

記憶も、魂もです。これはまったく切り離せないものです。

Q――普通の詩を書くときと俳句を書くときの違いはありますか？

俳句は詩作品で、詩作品とはそもそも、人がいま体験していることを詠み込むことを想定しているものだと思います。人が体験したら、その人はそれを詩にも、俳句にも詠み込めます。両方とも詩です。ただ、もっと短い形式で、それが感情の塊なら、俳句ではすべてをより簡潔に叙述しなければなりません。

Q――凝縮しているところが、俳句というジャンルの魅力ですか？

はい。三行しかないのに、まるで3Dアートのように、すべてを見渡すことができるのです。

あらゆる軍事活動は恐ろしいです

TVニュース
傷ついた魂が
歌を乞う

Q――この句はいつ、どんな状況で詠みましたか？

いま、ウクライナで軍事作戦が進行しています。ちょうど、ドンバスでの死者や子どもたち、兵士たちのニュースが報道されていました。私はその光景に感情が揺さぶられました。怪我をしたり、特に子どもたちが命を落としている光景は、とても恐ろしいものです。涙が流れます。子どもたちは聖なるものです。

そんなとき、私の魂は歌をうたってほしいと訴えてくるのです。

Q――あなたは軍事作戦開始のことをいつ、どのような状況下で知りましたか？

二月にこれがはじまったときに、テレビで知りました。二十何日だったでしょう……、二十四日です。

Q――当時の気持ちや思いは？

怖かったです。あらゆる軍事活動は恐ろしいものです。皆が平和を望んでいます。私は、人間は平和な存在だと考えています。ですので、軍事活動のすべてに、いつも恐怖を感じています。特に、子どもたちが育っていくときに、私たちは子どもたちに何を残すのだろうと、いつも考えます。これはとても重要です。

Q——あなたのお父さんは第二次世界大戦で戦いましたか?

　戦いました。負傷し、打撲傷を負いました。

Q——お父さんは戦争の話をしたことはありましたか?

　父は話したがりませんでした。のちに、父が死んでから、私は父の保管していた書類の中に書きかけの長編小説を見つけました。読んでみましたが、そこには戦争での出来事はまったく書かれていませんでした。

　戦争のことが書かれていたのは手紙の中だけです。父は前線からの手紙を女性に書いていて、そこに少し記載されていました。とにかく、父は話をしたがりませんでした。思うに、父にとっては話すのがとてもつらかったのでしょう。同じく親が戦争で戦ったという友人たちも、あの出来事を体験したほとんどの人は話したがらないと言っています。

Q——あなたは、お父さんの体験した戦争をご自身で体験することになると思っていましたか?

　いいえ。どの世代にも、何かしらグローバルな出来事が降りかかるものです。

でも、このようなことになるとはまったく思っていませんでした。

Q――お父さんなら、いまの状況をなんとおっしゃったでしょう?

わかりません。予想できません。

つらい気持ちを俳句に

Q――あなたのお母さんも、つらいときには歌をうたっていたと句の説明に書いてらっしゃいますね。

母は医者として働いていました。責任を伴う仕事です。母はいつも自分の患者さんと苦しみをともにしていました。母は帰宅すると、「ひどく具合の悪い人がいる、お見舞いに行かなくっちゃ」といつも話していました。母は、普段は落ち着いた人でしたが、彼女が歌をうたいはじめると、私たちは、いま、この瞬間、母はつらい気持ちでいるのだとわかりました。母は歌が上手で、魂をこめてうたっていました。母がうたいだすと、私たちは母をそっと一人にしておきました。母には休息が必要だとわかっていたからです。母は歌をうたって感情を吐き出し、つらい気持ちを癒していたのです。

Q——あなた自身も、つらいときはうたいますか？

私の子どもたちは、お母さんが大声で歌をうたっているときは放っておいたほうがいい、ということを知っています。

Q——そんなときはどんな歌をうたうことが多いですか？

ただメロディをうたっているだけです。一つの歌から次の歌へと、歌をつなぎ合わせてメドレーを作っています。緊張が解けていくにつれて、メドレーが変わり、メロディも変わります。

Q——いつも即興なのですか？

そうです、即興です。いつもそうです。

Q——歌をうたうことと俳句を詠むことには、何か共通のものがありますか？

たぶん、あります。

Q——自分の俳句にメロディをつけようと思ったことは？

そのようなアイディアは思いつきませんでした。ですが、とても面白いアイディアですね。というのも、私の作品を読んだ人が、メロディをつけたほうがいいよと言っているのです。まだやっていませんが。

小さい命が私のすべて

タンポポの綿毛
　風と競う
ひ孫の駿足

Q——ひ孫さんがテーマの俳句もありますね。どんな気持ちで詠みますか？

自分の喜びをこめています。私は、ひ孫の成長する様子に見とれています。ひ孫と軽い綿毛とを対比してこの句を作りました。ひ孫はタンポポの綿毛のように走り回っているのです。新しい世代が育っているのはうれしいです。これは喜びであり、命です。

Q――あなたは物理学者から文学に転向したのですが、何があなたを文学の世界に後押ししたのですか？

第一に、私たちの世代〔一九四六年生まれ〕は、みんなとてもたくさん本を読んでいました。私も、家にある本を片っ端からすべて読みました。うちには大きな図書室があったのです。

本はいつも一番重要なものでした。両親が最初に私にくれた本は、一九三九年に出版されたプーシキンの本でした。両親は仕事に出かけるとき、一人残される私に『ルスランとリュドミラ』を手渡して、ここからここまで読んでおくようにと言っていました。両親が仕事から帰ってきたら、自分の読んだ内容を話して聞かせなくてはいけなかったんですよ。まるで学校のようなものでした。

Q――日本の俳人で好きな人は？

松尾芭蕉は、当然ながら、ダントツです。小林一茶と西行も好きです。

Q——日本に行ったことはありますか？

いいえ、残念ながら。私の息子は行きましたが、私は行っていません。

Q——息子さんがいらしたのはいつですか？

確か二〇一三年のことです。

Q——息子さんはあなたと一緒に俳句を作ったり、詩を書いたりしますか？

かれは詩を書いてはいませんが、子どもたちは私の趣味を歓迎しています。私には娘が二人と息子が一人います。

Q——俳句以外のご趣味は？

子どもたち、孫たち、ひ孫です。これが、いまの私のすべてなのです。

レフ——芸術の街サンクトペテルブルクで

サンクトペテルブルク在住。大学教授、哲学博士。大学で哲学、紛争研究を教えるかたわら、詩のサークルを主宰している。

ロシアと日本の共通感覚

Q——詩のサークルをやってらっしゃるのですか?

はい。毎週、奇数の週にはロシアの、偶数の週には東、南、西の隣国のものを学んでいます。今年は、日本の女性の詩、特に小野小町の詩を検討しました

私は、小野小町が何を書いているのかを学生に伝えるために、小野小町の作品に行間訳文をつけました。正確な翻訳ではなく、意味の訳です。そのとき、二つの哲学を同居させようというアイディアが生まれました。日本の哲学、特に天台宗と浄土と、小アジア〔トルコ西部〕にあったエフェソス出身の古代ギリシャ哲学者ヘラクレイトスです。

同時に、「海と岸」というテーマで俳句の連作を作ろうというアイディアも湧いてきました。海は岸を撫で、岸は波を求める。私たちの宇宙の性質は調和で、波音の奏でる歌、音、波の魂はメロディで、そのメロディはもしかすると調和の

中にだけ存在するのかもしれません。弦と弦が特別な橋を築き、その橋が輝く海の深淵の片方の岸辺から、もう片方の岸辺に架かっている。当初のアイディアはこのようなものでした。

Q――そもそも、俳句との最初の出会いはいつですか？

私が子どもだった頃です。松尾芭蕉の本をプレゼントしてもらったのが最初です。この本はプレゼント向きの本で、句に挿絵がついていました。これが、私と俳句との最初の出会いです。

学校でも俳句を学びました。「冒険の世界」という出版社ができ、そこから江戸川乱歩の推理小説などが出版されました。俳句の句集もいくつか出版されたのです。大学でも俳句の講義がありましたし、それが全部つながっていきました。

Q――最初に俳句を読んだとき、どんな印象でしたか？

第一に、私はロシア人として、たくさんの物語がある長編詩に慣れていました。俳句と出会ったのは一九八七年、私が七年生［ソ連の学校は一一年制］だったときのことです。私にとって、たった三行でなんらかの雰囲気を伝えるというのは、とても驚くべきことでした。

最も重要なことは、俳句には主体がないことです。俳人は自分自身を主体として提示していません。読み手自身が主体になるのです。これは大きな発見でした。

のちになって、ロシアの銀の時代——一九世紀末から二〇世紀初頭ですが——に、ロシアと日本ではある種の文化間の交流がありました。銀の時代の詩には、俳句ととても類似したものが見うけられます。コンスタンチン・バリモントやニコライ・グミリョフの詩の中には主体がなく、俳句にとても近い音調があります。それ以前にはロシアにはこういうものはありませんでした。

生徒たちは通常古典作品を勉強しますが、古典において詩人に主体がないことは、とても奇妙に見えます。プーシキンも、いつも自分から発信しています。俳句では、作者はいます。作者はいるのですが、読み手のあなた自身が作者ということになります。これが最も面白いことでした。

Q——俳句の主体がないということが、ある部分ロシアとの共通点ということですか?

もちろんです。共通点がなかったとしたら、私たちは互いにわかりあうこともできなかったでしょう。これは明確です。

哲学というのは、いつも詩の中に反映されます。とても面白いことがあります。正しく発音できるかわかりませんが、俳句には「間」、すなわち余白があります。空っぽの時間です。一方で、私たちには「想像的幾何学」という概念があります。こういうことです。いま、私の手元にUSBメモリーがあります。私たちはその外側の形状を見ていますが、カバーを外したその内部には別の形状があることを理解しています。この二つが、とても興味深く相交わっているのです。

また、私たちのところでは、ソ連時代から北斎がとても人気でした。富士山の風景は最も人気があり、画集もたくさん出版されました。なぜなら、これはロシアの人にとって血のつながったもののように、とても近く感じられるからです。これを見れば、何かが反応するのです。たとえば、イギリスの風景画についてはそうは言えません。イギリスの風景画は愛好家のためのものです。しかし、北斎は私たちにとっても古典なのです。

Q――自然への態度に、日本とロシアで共通のものがあるのでしょうか？

そうです。

Q――それは何に由来すると思いますか？

第一に、私たちもあなた方も、自然が人間にのんびりすることを許さない環境に暮らしています。実際のところ、私たちは経済活動によって生き延びてきました。いわゆる「棒を差せば木が生えてくる」という環境ではありません。とても大変な労働が必要です。私たちのところでも、あなた方のところでも。

日本とロシアには、自然に対して完全に同じ共同幻想があります。私たちは自然を愛する一方で、自然はいつでも死に転ずる可能性があることを理解しています。ここに破砕、悲劇性が存在しています。

私たちは日本の詩人だけではなく現代作家も読みますが、村上春樹にもそれははっきり認められますし、三島由紀夫や芥川龍之介にもはっきり見てとれます。

広島と長崎を詠む

長い崎
小枝の火と
飛行機に沈む

広い島
漁師のパイプ
岸辺に煙

Q――これはどんな風景ですか？

この二句の風景は、お互いにつながっています。「長い崎」と「広い島」の二つの風景――これは長崎と広島についての句です。とても重要な歴史ですし、広島と長崎についてはロシアでは全員が知っています。ですので、この二つの句に対してはみんな反応します。

「長い崎」と「広い島」。そこには普通の人たちが暮らしていたことをしっかり理解しておく必要があります。かれらは戦争を望んでいませんでした。「長い崎」の小枝の火は、最初はちいさな火種でしたが、その後飛行機が飛んできて、まったく別の火になりました。

同じく、「広い島」では漁師がパイプを吸っています。岸辺の煙というのは、パイプの煙とはまったく異なるものです。漁師は岸辺の煙を、この爆発を、これらすべてを目にするという意味です

Q――この煙が核爆発だとは思いませんでした。

岸辺の煙を見た漁師は、何かがおかしい、何かが起きたと察します。そういう意味をこめました。

核爆弾ではありませんが、私たちにも似たような爆撃がありました。ナチスドイツによるスターリングラードの爆撃です。スターリングラードの戦いでは、長距離爆撃機が飛来して民間人を殺害しました。平和な町で、二〇万人が殺されたのです。町からの避難が急いではじまりましたが、かれらは爆撃を続けました。スターリングラードには川がありますが、かれらは川を越えようとしている人びとをも爆撃しました。二日目も三日目も爆撃しました。ですので、私たちにとって戦争による悲劇は共感するテーマなのです。

広島と長崎も同じく、何十万人も亡くなりました。この恐ろしい数のほとんどは民間人でした。長崎と広島は、ロシア語では「長い崎」と「広い島」と訳すこ

とができます。町のある場所そのものの名称です。

ロシアでは新学期が九月にはじまりますが、この時期、私たちは第二次世界大戦のすべての悲劇を思い出します。広島や長崎はもちろん、ドレスデンでの野蛮な爆撃もです。ドレスデンでも何万人もの民間人が亡くなりました。ただ爆撃されたのです。このすべてを必ず思い出すことにしているのです。私たちの国では二七〇〇万人が亡くなりましたから……。これはつらいことです。

私たちは「瓶の魚」、安全ではありません

Q――最近の状況を詠んだ句はありますか?

かなり最近、次の句を詠みました。

港にマスト
つり糸眺む

サメはどこ
藻の上の猫に
成功の笑み
ほら魚がかかった

制裁を伴ういまの状況がはじまったのは、突然のことでした。これは、私にとっては思いもしなかったことです。サメはどこにいるのでしょう？　本当の主要な役者はいったいどこの誰なのでしょうか？　いまの状況はそんな具合なのです。

もう一句あります。

瓶の魚　岸辺の絶景　海を乞う

Q――どう理解すればいいですか？

「瓶の魚」――これは、あたかも私たちは安全であるという我々の幻想について詠んだ句です。私たちに手を出してくるのは誰でしょう？　肉食獣はいません。瓶の中から見える海の岸辺の光景はとても美しいのですが、海に放たれてはいけません。すぐに食べられてしまいます。でも、魚は海へ行きたいのです。

Q――ご自身のことを詠んだのですか？

違います。これは私たちのこと、全員のこと、何かを左右することのできない普通の市民のことを詠んでいます。私たちは、自分たちが安全だと思っていますが、実際にはそうではないのです。この瓶から本当に自由になりたいと思うのなら、私たちは海に出ます。その途端、私たちは食べられてしまいます。危険でもあるし、不安定でもある、私にはそのように見えます。というのも、私たちにはテレビがあり、自分のインターネットがあり、自分の友人たちがいて、そこで交流しています。すべてがうまくいっています。そうですよね？　ですが、いつでもあっという間にすべてがとても恐ろしく変化し得るのです。

Q――それはロシアの人たちのことですか？　それとも世界中がそうだと？

世界中がそうです。現代のこの巨大な情報環境が作り上げる共同幻想の中で、私たちは瓶の中の魚のように暮らしています。この瓶から出ようとしていますし、この瓶からとても出ていきたいのですが、しかしそれがどのような結果を迎えるのか理解していません。

Q――あなたは紛争を研究していらっしゃいますが、何が専門ですか？

私の専門は経済関係です。企業、会社などです。国際紛争なども研究しますが、こういったものを判断するには軍事教育を受けていなければなりません。私は哲学の博士なので、思想の衝突を研究できますし、さまざまな思想の組み込まれ方、対立を研究できます。ですが、軍事紛争について発言するための専門的適性を持っていません。

歴史的事実については発言できますし、それが人にどのように見えるのか、人がいかにそれを認識しているのかについては話せます。

ユーラシア主義を期して

Q——ロシアはどんな国になるべきだとお考えですか?

ロシア連邦はいつも、まったく異なる民族、まったく異なる文化、まったく異なる宗教を一つにまとめてきた国です。ロシアには、ほぼすべての宗教、世界に生きるほぼすべての民族がいます。日本からのディアスポラもいます。

ロシア帝国時代もそんなに違わなかったと考えています。ロシアが必要としたことは、人びとが終わりのない衝突をはじめないこと、人びとが争わないことでした。多民族国家ですから、紛争状況の中で異なる民族を押しのけようとする動きも出てきます。また、ロシアに対してはいつも外からの恒常的な圧力、国境を突破してこようとする試みもありました。

思うに、ユーラシア思想[*1]が実現すれば、私たちは全員が平和になり、すべての攻撃的な国を排除することができます。これらの国々はほかの国から搾取することによって私腹を肥やそうとしており、多くの問題があります。ユーラシア思想が実現すれば、ロシアの明るい未来を見ることができると思います。

Q——哲学者としていまの状況を予想していましたか?

はい。避けられない状況でした。一極世界の吸引には終わりがないからです。地球は二つの極があるおかげで支えられています。それぞれの極が自分のほうへ引っぱっているので、球体になっているのです。極が一つになったとたん、球体はひっくり返ってしまいます。ヘラクレイトスは、火の要素は冷却し水に変わり、反転して乾燥し、再び火になる、つまり万物は形を変えて流転すると言いました。この大きなサイクルが、とにかく私たちのところに来たのです。これがいいのか悪いのか……。歴史家の観点からはもちろん、変化の時代に来ているのはいいことです。

しかし一般の人の観点からは、これはすべてとても恐ろしいことです。ソ連が崩壊した一九九〇年代にすでにわかっていたことは、一極世界になったとたん、経済問題が生じるということでした。経済格差は第三世界諸国の生活悪化を導き、そこから移民がやってきます。かれらは第二世界［旧ソ連の影響下にあった国］諸国の経済を崩壊させます。すべての分野の再分配がはじまるからです。そして最終的に最も主要なものが残りますが、それはすべての問題を解決することはできません。これが、いま私たちが目にしている世界の姿です。

あなた方は日出づる国です。私たちも日出づる国です。太陽はチュクチ半島から昇り、次にカムチャツカ、日本、その後ロシア全土に昇ります。地理的に隣国である国が平和に暮らすために、私たちがいつかお互いに歩み寄れればと願っています。海と岸のように。

＊1　もともとは二〇世紀初頭の、「ロシアはヨーロッパでもアジアでもないユーラシアに属する独自の価値観を持つ空間である」という思想。プーチン大統領は、この思想を引き継ぐ、西側の世界とは異なる世界観があるという「ユーラシア主義」に傾倒しているといわれる。

ベーラ——流氷を運ぶシベリアの町で

シベリアのケメロヴォ市在住。歴史学者。長年大学で歴史学、哲学、文化学を教えてきた。現在は児童文学スタジオで子どもたちに文学創作の授業を行っている。

石川啄木との出会い

Q——俳句との出会いについて教えてください。

一九九〇年頃に詩を書きはじめたのですが、実はあまり才能がなくて、詩は私には合わなかったと言わざるをえません。自分の中の、俳句を書きたいと思う気持ちを解放するまでは、ですけどね。

一九九〇年代は、私たちの街では俳句とは何かを知っている人はほとんどいませんでしたし、私の俳句を書きたいという気持ちは、当時とてもエキゾチックなものでした。文学仲間にアレクサンドルという面白い人がいて、かれが、「いいかい、君はうまくできると思うよ。俳句を書きなさい」と勧めてくれたのです。

当時、俳句をめぐっての論争がありました。というのも、おそらく、ロシア語で完全な俳句を書くのは不可能だからです。私たちは、日本のように象徴のシステムを使うことができませんし、漢字の絵柄を使うこともできません。必ずその部分の意味を失います。ですので、私が詠んでいるのは、いわば俳句の別のバージョンです。なんとか折り合いをつけながら創作を続けています。

Q――石川啄木がお好きだと?

私が石川啄木を知ったのは父のおかげでした。父は啄木がとても好きだったのです。父は大の本好きで、歴史家でもありました。父は啄木の、マカロフ提督のことを書いた「マカロフ」[「マカロフ提督追悼の詩」]という詩を読み、日本の詩人がこれを書いたことにとても感動していました。この詩は、かつて日本とロシアの間で衝突があったときの話で、マカロフのことを英雄的に書いた作品です。

正直言って、私はマカロフにあまり興味はなかったのですが、啄木の短歌を読むようになりました。これがきっかけとなって、日本の短い形式の詩歌への興味が湧いたのでした。父も啄木の詩歌や短歌がとても好きで、私に読み聞かせしてくれました。父が特に感動したのが次の詩です。

「五歳になる子に、何故《なぜ》ともなく/ソニヤといふ露西亜名《ロシアな》をつけて/呼びてはよろこぶ」[「悲しき玩具」]

Q——面白いですね。

私たちのところでは、一九六〇年代に『日本の詩歌』という本が出版されました。私はこの本を読み、その後、石川啄木の作品集をプレゼントしてもらいました。この本はいつもテーブルの上に置いておくたいせつな一冊になりました。いつもこの本を手元に置いていたのです。インスピレーションが切れてしまったときには、この本を手に取って刺激をもらっていました。啄木はいまでも、私の大好きな歌人です。

言葉から飛び散る火花

Q——なぜ日本の詩歌に興味を惹かれるのですか?

一つには、小さな形式の中に、これほど多くのニュアンスや色彩を持たせることができることが魅力的です。

また、読み手と書かれた句の間に生じる交流に感動します。これは、尋常ではない閃光のようです。単純に見える言葉を読んでいると、突然火花が飛び散るのです。そして自分の中に、溢れる感情を呼び起こします。長大な叙事詩や一冊の本が与えられるものと同じものを与えてくれるのです。私はこれに感動します。こんなに小さな容量で、読む者と交流し、その人に大きな美的な満足を与えているということに驚嘆します。

祖母と孫一つのコーンアイス舐め

Q――この句はどんな状況で詠んだのですか?

子ども時代、私たちは、いつもアイスクリームやお菓子を分けあっていました。オープンサンドを一緒に食べたり、コーンに入ったアイスクリームを舐めたりしたものです。

この句は、おばあさんが小さな女の子のように孫の隣にいて、孫と一緒に順番にアイスクリームを舐めているという情景です。これにとても心を奪われました。

おばあさんの心の中は、一緒にアイスクリームを舐めるような小さな女の子のままなのです。孫も嫌がらず、年の離れた者の間には牧歌的な様子が生まれ、おばあさんがお転婆な女の子のように見えるのです。

Q――ご自分のことを詠んだのですか？

その通りです。自分と孫のことを書きました。私たちが一緒に満足して、そして孫がちゃんと同意したうえで、一つのコーンに入った甘くて白いアイスクリームを順番に舐めていたときのことを書きました。

Q――お孫さんとは一緒に暮らしていますか？

私は夫と暮らしています。同じ集合住宅にはそのほか、私の長女とその夫、それに二人の孫も住んでいます。また、私たちには郊外に小さな家があって、私はしばしばあちらに一人で滞在して過ごしています。あちらで生活できる準備はすっかりできているのですが、完全に引っ越すには夫の決意が足りないのです。ですので、行ったり来たりしています。町には私の仕事もありますし、面倒を見なければならない孫たちもいますから。

Q——子どもたちに教えているということですが、どんな授業ですか？

私たちの町にある第三一番保育園付属のスタジオにはいくつかの子どものグループがあって、プログラムに従って文学の授業をしています。このプログラムは私が自分で作りました。子どもたちと一緒に俳句を作るプログラムもありますよ。子どもたちが詠んだ作品をご紹介しましょうか。「秋　リスは赤茶色だけど　灰色になってしまった」という句です。面白い俳句ですよね。きっと、あなたも気に入ってくださるのではないでしょうか。

子どものための文学ゲームのシリーズも考案しました。たとえば、猫に合う形容詞、家に合う形容詞など、何か物に合う形容詞を素早く選ぶのです。子どもたちの言語習得が目的です。

それから、しばらく自由に空想してみるように促して、物語やお話を作ったり、劇をやったりしています。これは、一年にわたる長いプログラムなんですよ。私はそこで働いて二年目になります。

低音の
弦の陽光
粉雪舞う

これは想像ではありません。これは現実の様子です。

私たちの郊外の家では、窓の外にはとても大きな空間が広がっています。これは本当に珍しい出来事だったのですが、太陽が顔を出しているときに雪が降っていたのです。やがて太陽が沈んでいきました。太陽はとても低い位置になって、部屋に差し込む太陽の光線の中で、雪の結晶がはっきりと見えました。太陽がゆっくりと沈み、雪の結晶がとても早く飛んでいて、まるで、ベースのパートを演奏しているような光景でした。音楽を耳にした気がしました。この光景が私に、自然の歌、自然の音楽を聞かせてくれたのです。

私の俳句の多くは窓から生まれているんですよ。何か普通でないものがあって、もしかしたら普通のものかもしれませんが、そこから言葉が生まれているのです。

夫と妻
触れることなく
暮らす日々

Q——結婚して何年になりますか?

三七年です。

長年続いている夫婦関係では、肉体的な情熱はもうなくなっています。でも、これは夫婦生活にほとんど関係ありません。これを、もう終わってしまった夫婦関係だと思う人もいるでしょうが、実際はそうではありません。なぜなら、このような夫婦関係にも、同じく愛情が維持されているからです。

老人の夫婦には接触は要りませんが、かれらには何かもっと大きな、もっと大事なものがあります。

それは相手のことを完全に理解していることとです。たとえば、夫が瞬きをしたらかれがどんな状態なのかわかる、というような。お互いに触れあわなくても、性的な接触がなくても、夫婦関係や愛情は維持されているということを言いたかったのです。

Q――夫のことをよく俳句に詠みますか?

夫についての句をもう一句読みますね。

朝共に　急ぎ飲むコーヒー　良き日のスタート

もっと読みましょうか。

仕事するふり　でもキスを　待っている

これは俳句をはじめてまもない頃に作った句です。

Q――身の回りを詠んだ句が多いですね。

はい。私はケメロヴォに住んでいるのですが、私たちがよく集まっていた文学スタジオがまだあったとき、そこに「マスター」がいたんです。カザコフ教授です。かれも生涯ずっと俳句を詠んでいますけど、自分の家族のこと以外ほとんど詠みません。仲間たちは、「ロシアには家族や身近な人のことばかり集中的に詠んだ詩人はそんなに多くないのに、ベーラやカザコフは家族や身近な人のことばかり俳句に詠んでいる」と指摘するくらいでした。

特別軍事作戦、その日のこと

特別軍事作戦
サラダに油
少なめに

Q——この句はいつ詠みましたか？

特別軍事作戦についての句です。二月二十五日です。はじまってすぐです。

Q——どんな状況で詠みましたか？

このすべてがはじまった後のメッセージは……。私はこの出来事に打ちのめされました。このことが頭を離れず、何をしていても考えが浮かんできて、止めることができません。いつも……、いつもこの出来事のとてつもない重さを感じ続けていました。

これは私自身についての句です。サラダを作っていて気づいたのです。私はいつもの家事をこなすようにサラダを作りました。そのとき、私は、自分がサラダに注ぐ油を少なくしようとしていることに気づきました。きっともうすぐ、食費を節約しなければならなくなって、すべてが変化して、これまでと同じようには暮らしていけなくなるときがくるのだと思いました。さらには、いまのうちに、食品や果物を買っておいたほうがいいのかもしれないとも考えました。

あとになってから、ロシア語で「火に油を注ぐ」というのは、「煽る」という意味もあることを思い出しました。紛争を煽る、争いを煽る、不快な状況をより不快なものにする、という意味です。私はこの瞬間を言葉に書き留めたのです。

Q——特別軍事作戦の開始を知ったのはテレビのニュースでですか?

この日の朝、私は何も知りませんでしたし、そもそも朝はニュースを見ていないのです。

私はこの日、孫と一緒に学会に行っていました。孫が学術論文を発表したのです。その後、インターネットで、何か特別軍事作戦だとか、軍事活動の開始について報じられているのを目にしました。

最初はそれを信じませんでした。つまり、私はそれが意味のあるものだと思わず、ありがちなフェイクニュースだと思ったのです。夫の仕事場に行くと、夫が私に、「見て、戦争がはじまった」と言いました。そんなことはありえないと思いました。その後、夫は電話で、さっきのニュースは本当のことなんだと知らせてくれました。こうして私は、本当にこの恐ろしい出来事が起きたのだということを知りました。

Q——あなたは歴史家です。歴史家として、この出来事をどう評価しますか？

私は何よりも人間としてこの特別軍事作戦の意味を考えたいです。私は、これはウクライナとロシアに起きた大惨事だと考えています。歴史家としては、歴史的にロシアにとって、これはよくありません。よくない出来事です。ロシアの進歩の役には立ちませんし、むしろ反対です。確実に反対です。

私たちは、国際舞台で起きていることから、そのことをすでにわかっています。

私たちは、ロシアに対する他国の態度の変化をわかっています。いまは、ロシア文化を排除するキャンペーンが行われていますから。

Q――普段の生活上で変化はありますか？

物価の上昇です。物価が上昇し、すべて値上がりしています……。フライトも少なくなりました。私の息子はイタリアにいるのですが、特別軍事作戦が進行している間はロシアには帰れないと言っています。

つまり、私が息子に会えるのはそんなにすぐではありません。ほかは生活上ではあまり変化はありません。普通の生活を送っています。

Q――あなたは毎日ニュースを見ていますか、それとも見るのをやめましたか？

毎日見ています。でもテレビのニュースは見ません。いまはさまざまなユーチューブチャンネルを見ています。

いま、ロシアの俳人が感じていること

Q——このとても大変な状況で、あなたは俳句にいまの気持ちを託そうと思いますか？

私は、自分の人生すべてを時の流れにゆだねています。私はいま、常に鬱の状態や、つらい状態にあるわけではありませんが、でも、それが背景にいつもあります。

一方で、このような状況でも、多くの時間を郊外の家で過ごしています。自然に囲まれて、その美しさを眺めますし、友人たちと交流します。しかも、俳句で、たとえばサラダを作ったとか、アイスクリームを孫と舐めたとか、窓の下でキリギリスが跳ねたとか、とても小さな出来事を詠むのです。自然の中で起きていることは、変わらずにとても素晴らしいですし、なくなっていません。それはいつも残されていますし、自然の美しさや、ドラマティックなものが、俳句を詠む理由と力を与えてくれます。

Q——それは救いですか？

俳句で救われることはありません。詩を書くことでは救われません。つまり、

私が感じている恐れや、何かが破壊されている感じ、歴史が破壊されているという感じは、いずれにしてもなくなりません。

この出来事は、詩的な創作では絶対に終わらせることはできません。個人的な悲劇や、私が個人的に劇的な状況にいるという場合なら、俳句に救われます。夫との関係が深刻な状況にあったとき、一日に二十句ずつ俳句を詠んでいたのを覚えています。そのときは、俳句にとても助けられました。

現在の状況では、私の俳句や創作は、何かを変えるのには無力です。ですので、作品を書くことはできますが……、状況は変えられません。そして、これに関する私の内面も同じく変わりません。いまある気持ちも変わりません。この、とても大きな不安や、とても大きな罪の意識、何か大きなものが差し迫っているという気持ちなどは変わりません。

Q――つまり、個人的なことなら俳句に詠めるものの、現状では創作は……。

はい。たとえば私がこれについてうまく俳句を詠み、満足を得たとして、それは気を休める役に立つのでしょうか？　向こうでは人びとが命を落としているかもしれないのに、自分はここで俳句を詠んでそれを喜んでいたら、罪の意識がむしろ強くなってしまいます。

Q――いま、ロシアの俳人が感じているのは無力感でしょうか?

無力感は俳人だけではなく、この状況を悲劇だと認識している全員が感じていると思います。ここでは、俳人だろうとそうでなかろうと、例外はありません。ですので、これらの出来事を悲劇と認識している人たちについては……、無力感があると言えます。

Q――芸術では何も変えられないということですか?

私に言えるのは、私の場合についてだけです。もしかすると、何か作品を作り、ほかの人がそれを読んで感化されるというような、偉大な俳人もいるかもしれませんが、ですがそれは私のことではありません。

Q――この出来事がはじまって、俳句を作るのが難しくなりましたか?

そうですね、難しくなりました。ですが、ここ数年、そもそも、作品作りのプロセスはこの出来事とは関係なく、私にはますます困難になっているということを言っておかなければなりません。これは創作の掟なのかもしれませんが、年齢とともに創作意欲はそこまで高くなくなり生産的でもなくなります。これが私にも起こっています。

二月二十四日以降の出来事について言えば、そうですね、私はしばらくの間、もう終わりだ、これが起こってしまったのに、私はなんのために作品を書くんだろう、私の創作は全部些細なことばかりだし、これらの出来事をまったく変えられない、と考えていました。そういったことが一切なくても、私にはなんの改善もできないかもしれません。ただ……、作品を作りたいという気持ちが湧いてこなかったのです。

あれから月日は経ちましたが、いまも事態は差し迫っています。ですが……、文学作品によって直接的に変わるという希望を持てる可能性はありません。私は俳句だけを書いているのではありません。私は子ども向けのお話もたくさん書いていますし、大人向けの散文も書きます。でも、これも同じく、いまでは厳しくなりました……。

日本の俳人へのオマージュ

最後にお話ししたいことがあります。ロシアの俳人にとって、とても重要なことだと思います。

私は、日本の詩歌は、ヨーロッパの詩からすると、言語の点でも書き方の流儀の点でもかなり異質なのに、どうしてこれほど大きな影響力を持っているのか、その現象について考えてみました。なぜ、多くの国に俳人の団体があって、国際コンクールが行われているのでしょうか？　ほかの詩は、そこまでの影響や広がりを持っていないと思います。

私はどうしてなのか考えました。すると、どんな考えが浮かんだと思いますか？

私は、日本の詩人たちの個性そのものに大きな意味があるのだと思うのです。ロシアの詩人は喜びに対して率直で、遊ぶことが好きで、楽しいことが好きです。日本の詩人はロシアの詩人と異なり、何か特別な道徳的水準を持っています。かれらは隠者、僧侶、旅人です。思うに、このかれらの高尚な個性こそがかれらの詩を引き出しているのです。翻訳を通じてでさえ、これらはとても強く引き出され、読み手に影響を及ぼすのです。

　そして、これは創作者が自らの創作にこめる驚異的な力で、読者やほかの詩人にとても強力に感染していくのです。私も感染しました。私は日本の詩歌がとても好きです。大好きです。私を幸せにしてくれます。私は機嫌が悪いとき、好きな詩人の作品を読みはじめます。かれらは私の内面世界や私の魂の状態を整えてくれます。このことを是非お話ししたかったのです。


　私には、日本の俳人の作品から直接インスピレーションを受けて書き留めた連作があるんです。

「古文字に人を老いしむ梅の花」これは石井露月です。それにインスピレーションを受けて「**子ら巣立つ　窓まで届きし　ライラック**」という句を作りました。

もう一句読みますね。「ずんずんと夏を流すや最上川」　これは正岡子規です。その句へのオマージュとして詠んだのが「**流氷を　貪欲に運ぶトミ川　最後の雪**」という句です。

　私たちのところではいつも流氷があり、流氷が流れてくると、川は満水で早く流れ、氷をまっしぐらに運んでいきます。その氷の上には雪が積もっていて……、ここでは川は北に向かって、北極海に向かって流れているので、この氷が太陽で融けないように、春までに間に合うように北極海まで運ぶために、川がこの氷を丸ごと運び去ろうとしているような感じがします。

川は、前の季節に関係あるものすべてを急いで運び去り、新しい季節が揺るぎないものとなるためにその場所を一新しているのです。川が氷や雪を運び去り、新たな季節のために場所を空けています。私はこんな俳句を詠んでいるのです。

関連年表

１９９１年８月24日　ウクライナが独立を宣言。同年末のソ連崩壊により独立。
　　　　　12月８日　ポーランドとベラルーシの国境にまたがるベロヴェーシの森で行われたロシア、ウクライナ、ベラルーシの首脳による秘密会議で、クリミアはウクライナに帰属することが決定。
　　　　　12月25日　ソビエト連邦大統領ゴルバチョフ氏が辞任。ソ連が消滅。
２０００年５月７日　ロシア連邦第二代大統領にウラジーミル・プーチン氏が就任。２００８まで２期を務めたのち、２０１２年に第四代大統領に就任。
２０１４年２月21日　ウクライナのヤヌコヴィッチ政権崩壊（マイダン革命）。
　　　　　３月16日　ロシアがクリミアで住民投票を実施。翌日クリミア共和国の独立を承認。
　　　　　９月５日　ベラルーシの首都ミンスクで、ウクライナ、ロシア、ドネツク人民共和国、ルガンスク人民共和国が、ドンバス地域における戦闘（ドンバス戦争）の停止について合意（ミンスク合意）。
２０１５年２月11日　欧州安全保障協力機構（ＯＳＣＥ）の監督の下、フランスとドイツが仲介して、ウクライナとロシアが「ミンスク２」に署名。
２０２１年12月８日　ドイツ、メルケル首相が退任。
２０２２年２月21日　プーチン氏、ビデオメッセージで、ウクライナ東部「ドネツク人民共和国」と「ルガンスク人民共和国」の独立を承認すると発表。

2月24日　プーチン氏、ロシア国営テレビで「NATOの東方拡大」「ドンバスでのジェノサイドの阻止」などについて演説。「特別軍事作戦」の実施を発表。ウクライナの首都キーウ（キエフ）などへのミサイル攻撃や空爆を開始。

2月25日　ウクライナのゼレンスキー大統領、全土に戒厳令を発令。

2月26日　ロシア軍がチョルノービリ（チェルノブイリ）原発を占拠。

2月27日　国連安全保障理事会でロシア非難決議採決に対し、ロシアが拒否権を行使。

2月28日　EU（ヨーロッパ連合）と米英などが国際決済網のSWIFTからのロシア排除を表明。

3月1日　プーチン氏、核を含めた戦力を「特別態勢」にするよう命令。

3月2日　ベラルーシで一回目の停戦会議。

3月3日　ミュンヘン・フィルハーモニー管弦楽団、首席指揮者ワレリー・ゲルギエフ氏を解任。

3月4日　国連総会緊急特別会合でロシア非難決議採択。

3月5日　ベラルーシで二回目の停戦会議。

3月7日　ザポリージャ（ザポロジエ）原発を攻撃。

3月8日　ロシアで「フェイクニュース法」が成立。当局が「虚偽」とみなした情報を流した記者らに最大15年の禁固刑。

3月9日　プーチン氏、8日の国際女性デーを前に女性たちとの会合に参加し、今回の軍事作戦について、「間違いなく厳しい決断だった」と述べたうえで、「ウクライナはいま、核兵器を取得して、核保有国の地位を得ようとしている」と主張。

ベラルーシで三回目の停戦会議。

ゼレンスキー氏、英国議会でオンライン演説。

ロシア軍、マリウポリの産科病院を攻撃。

3月14日　グテーレス国連事務総長「核戦争は起こりうる」と発言。
3月16日　ロシア国営テレビの編集者オフシャンニコワ氏、生放送で「戦争反対」の訴え。
3月23日　ゼレンスキー氏、米国議会でオンライン演説。
3月25日　ゼレンスキー氏、日本の国会でオンライン演説。
プーチン氏、西側諸国はチャイコフスキーやショスタコービッチといった大作曲家を含むロシア文化全般を拒否しようとしていると批判。
3月29日　トルコで四回目の停戦会議。
3月31日　ロシア軍、チョルノービリ原発からの撤退を開始。
外務省、「ウクライナの首都等の呼称の変更」を発出。
4月3日　キーウ近郊のブチャなどで多数の民間人殺害が判明。
4月7日　国連総会、ロシアの人権理事会理事国の資格停止決議を採択。
4月12日　プーチン氏、会見にて「キーウ近郊の民間人殺害はフェイク」と発言。
5月9日　ロシアで第二次世界大戦戦勝記念日。
5月18日　フィンランドとスウェーデン、NATOに加盟申請。
5月23日　英国防省、ロシア兵の死者数がアフガニスタン侵攻でのそれに相当するとの分析を発表。
5月25日　ロシア議会、軍の志願兵の年齢制限を撤廃する法案を可決。
プーチン氏、ウクライナの南東部ザポリージャ州と南部ヘルソン州の住民を対象に、ロシア国籍取得手続きの簡素化に関する大統領令に署名。
6月17日　プーチン氏、「欧米の経済制裁は失敗」「一極集中の世界秩序の時代は終わった」と発言。

6月19日　ウクライナ議会、ロシアの一部音楽や映像の公共の場での再生・演奏を禁止する法案を可決。ロシアの出版物の輸入禁止も決定。

7月7日　プーチン氏、ウクライナへの侵攻について「米国支配の世界秩序の根本的な終わりのはじまりを意味する」と発言。

7月11日　プーチン氏、ロシア国籍取得手続きの簡素化をウクライナ全土に拡大する大統領令に署名。

8月5日　ザポリージャ原発を再度ミサイル攻撃。

8月9日　ゼレンスキー氏、クリミアの領土奪還に向けた協力の呼びかけ。

8月16日　クリミア半島のロシア軍施設でウクライナ軍の攻撃により複数回の爆発。

8月23日　ウクライナ政府、ロシアによって2014年に併合された南部クリミア半島の奪還を求める国際プラットフォーム、第2回「クリミア・プラットフォーム首脳会合」をオンラインで開催。

8月26日　プーチン氏、ロシア軍の人員を一割増員する大統領令に署名。

8月30日　ゴルバチョフ氏死去。

9月14日　グテーレス氏、「地政学的な分断は冷戦期以降、最も大きくなっている」と危機感を表明。

9月16日　英国防省、ロシアの民間軍事会社「ワグネル」が、ロシア人の受刑者に対して、減刑や金銭と引き換えに戦闘に加わるよう勧誘する動きを活発化させていると指摘。

9月21日　プーチン氏、予備役の動員に関する大統領令に署名。動員の規模は30万人と説明。「核兵器でわれわれを脅迫するものは、風向きが逆になる可能性があることを知るべきだ」と述べる。ロシア各地では抗議活動も行われ、出国を模索する動きも広まる。
ゼレンスキー氏、国連総会でビデオ演説。

9月23日　ロシア、ウクライナ東部や南部で併合に向けた「住民投票」活動を開始。
9月24日　プーチン氏、動員や戒厳令の期間中、あるいは戦時中に、兵役を拒否したり脱走したりした者に厳罰を科すことを規定した、刑法などの改正案を承認。
9月29日　プーチン氏、ウクライナのザポリージャ州とヘルソン州をそれぞれ独立国家として承認する大統領令に署名。
グテーレス氏、「武力によってほかの国の領土を併合することは国連憲章と国際法に違反している」と指摘。
9月30日　プーチン氏、ウクライナ東部のドネツク州とルハンシク州、ザポリージャ州、ヘルソン州について、ロシアが併合することを定めた文書に署名。
ゼレンスキー氏、ＮＡＴＯへの加盟を申請する方針を表明。
10月3日　ロシア内務省、国営テレビの元編集者オフシャンニコワ氏を指名手配。
10月4日　ロシア国防相、予備役の動員後、これまでに20万人以上が招集され入隊したと発表。
10月6日　バイデン大統領、民主党の会合で、「キューバ危機」（１９６２年）以来の核の脅威に直面しているとの認識を示す。
10月7日　ノーベル平和賞に、ロシアの人権団体「メモリアル」、ウクライナの人権団体「市民自由センター」、ベラルーシの人権活動家のアレシ・ビャリャツキ氏が選出される。
10月8日　クリミアとロシア南部を結ぶ「クリミア大橋」で爆発が発生し、一部が崩落。
10月12日　ロシアの独立系メディア「バージニエ・イストーリイ」がウクライナの戦地でのロシア側の死者や行方不明者、それに大けがをして兵役につくことができない兵士が「９万人を超える」と報道。

10月15日　スウェーデンの王立音楽アカデミー、軍事侵攻に反対の姿勢を示さなかったことを理由に指揮者のワレリー・ゲルギエフ氏を除名したと発表。
10月22日　ロシアによる攻撃が続くなか、ゼレンスキー氏、「標的はエネルギー」と述べ、節電を呼びかけ。
10月23日　ロシア国防省ショイグ国防相、ウクライナ側が放射性物質をまき散らす爆弾、いわゆる「汚い爆弾」を使用する可能性について懸念を表明。
10月26日　ロシア大統領府、核兵器の搭載が可能なミサイルの発射など核戦力を使った軍事演習を開始したと発表。
10月28日　アメリカの自動車メーカー、フォード社がロシアでの事業から撤退することを決定。
11月4日　ロシア、30万人の予備役の動員が完了。
11月15日　英国防省、ロシア軍が戦場で逃げようとするロシア兵に対して強制的に戦わせるため専門の部隊を編成して銃撃すると脅しているとみられるとする分析を発表。
11月15日　ロシア製のミサイルがポーランド領内に落下し、2人が死亡。バイデン氏「軌道から考えると、ロシアから発射されたとは考えにくい」と発言。
11月17日　2014年、ウクライナ上空でマレーシアの旅客機が撃墜され乗客乗員298人が死亡した事件で、オランダの裁判所はロシア人とウクライナ人の被告、合わせて3人に終身刑の判決。
ゼレンスキー氏、ロシアによる、インフラ施設などをねらった大規模なミサイル攻撃などで、1000万人以上が停電の影響を受けていることを明らかに。
11月21日　WHO（世界保健機関）、2月の軍事侵攻以降、病院など医療関連施設への攻撃が703件に上ったと発表。

11月23日　EU、ロシアをテロ支援国家と認定する決議を賛成多数で採択。
12月1日　ロシア、外国と関わりがあるとする個人や団体への監視を強化する法律が新たに施行。
12月4日　G7とオーストラリア、ロシアから海上輸送される原油について、上限価格を1バレル60ドルに設定する新たな制裁措置について合意。
12月5日　EU、ロシア産原油の輸入を原則禁止。
12月9日　サンクトペテルブルクで日産自動車が運営していた工場をロシアの自動車大手アフトワズが引き継ぐことに。
12月9日　ブチャで多くの市民が殺害されているのが見つかったことを批判し、その後、ロシア当局に身柄を拘束されていたロシアの野党指導者イリヤ・ヤシン氏に禁錮8年6か月の実刑判決。
12月15日　プーチン氏、併合したウクライナ南部と東部の4州について「2030年までにすべてのロシアの地域と同じレベルまで社会や経済を発展させる」と述べ、新たな計画を策定するよう指示。
12月19日　プーチン氏、ベラルーシの首都ミンスクを訪れ、ルカシェンコ大統領と会談。
12月21日　ゼレンスキー氏、ワシントンでバイデン氏と会談のあと、連邦議会で演説。
12月23日　ロシア法務省、ノーベル平和賞を受賞した人権団体「メモリアル」の創設者のひとりスベトラーナ・ガンヌシキナ氏を外国のスパイを意味する「外国の代理人」に指定。
12月27日　プーチン氏、ロシア産の原油や石油製品を、制裁を科した国に輸出することを禁止する大統領令に署名。

12月31日　ロシアの独立系メディア、ウクライナへの侵攻開始後「ロシア軍の信用を失墜させた」として摘発された件数を司法当局のデータを基に集計し、12月19日までで5518件に上ると発表。

2023年1月5日　プーチン氏、ロシア正教のクリスマスにあたる7日にあわせて、6日正午から8日午前0時までの36時間は停戦するようショイグ国防相に命じたと発表。

1月14日　ウクライナ、ドニプロの高層アパートがロシアによるミサイル攻撃を受け、子どもを含む多数が死亡。

1月15日　英紙『テレグラフ』、イギリスのスナク首相がウクライナのゼレンスキー大統領と電話会談し、陸軍の主力戦車「チャレンジャー2」を数週間以内に14両供与すると報道。

1月16日　ベラルーシ国防省、ロシアとベラルーシの空軍が1月16日から2月1日まで合同演習を実施すると発表。

1月17日　ロシアのショイグ国防相、プーチン大統領が軍の総兵力を150万人に増やすことを決定したと発表。ロシア大統領府のペスコフ報道官は「欧米諸国がロシアに対して行っている代理戦争に対応するためだ」と述べる。

オランダ国防省、ウクライナに地対空ミサイルシステム「パトリオット」を供与する用意があることを発表。

アメリカ国防総省、ウクライナ兵に対する地対空ミサイルシステム「パトリオット」の訓練がアメリカで始まったと発表。

1月18日　ゼレンスキー氏、「ダボス会議」にてオンライン演説。欧米各国が供与を表明している戦車や装甲車などについて、さらなる支援を求める。

プーチン氏、サンクトペテルブルクを訪れ、第二次世界大戦での犠牲者を追悼。

1月19日　アメリカ国防総省、ウクライナに対し装甲車など25億ドルの軍事支援を行うと発表。

1月21日　ロシア、サンクトペテルブルクなどで、14日にドニプロでミサイル攻撃を受けて亡くなった犠牲者への追悼の動き。ロシアの人権団体は、警察がこうした人たちを拘束したと伝える。

1月24日　ロシア大統領府、欧米側の軍事支援としてドイツ製戦車「レオパルト２」の供与が議論されていることに対し「戦車が供与されたら、将来の両国関係にとって良いことにはならず、必ず、避けられない傷を残すことになるだろう」と牽制。

1月25日　ドイツ政府、ウクライナに対してドイツ製の戦車「レオパルト２」を供与すると発表。以降、ポーランドやノルウェー、カナダなど「レオパルト２」を保有する各国も供与へ。バイデン氏、ウクライナに対してアメリカの主力戦車「エイブラムス」31両を供与すると発表。

幾重にも分断された世界で ――あとがきにかえて

二〇二二年十一月に放送された、NHK、ETV特集「戦禍の中のHAIKU」。放送後には、次のような多くの声が寄せられました。

「戦争と共に暮らす人たちの息遣いが直接伝わりました。市民の心の内面がわかりました」

「自分のこととして戦争をとらえることができました。それは日々のニュースではわからなかったことです」

一七音の短い言葉が、番組を見ていただいた方々の心の深いところまで届いたようです。それが俳句の持つ力なのでしょう。

俳句は、句を詠んだ人の見た光景が、その言葉を通して読み手にくっきりとしたイメージを作り出します。読み手は受け身ではなく、自分でその光景を想像しなければなりません。一人ひとりが別の新たな映像や想いを自分の頭の中に形づくっていきます。そして、それが俳句の作者と読み手の感情の共有を生んでいきます。

本書の中でベーラさんは、それを「読み手と書かれた句の間に走る閃光のようだ」と表現しています。

一瞬で想いや映像が届く、そのような文学が日本で生まれ育ったことを誇りに思うと同時に、ロシアの俳人たちの、日本の俳句の歴史や、松尾芭蕉、小林一茶、正岡子規などの古典への深い知識と理解に、あまり俳句に親しんでこなかった日本人として驚かされました。

二〇二二年二月二十四日、俳句を愛し、日々の暮らしを詠む中に喜びを見つけてきたロシアの俳人たちに、突然、「戦争」のはじまりが知らされます。

ロシアの俳人の何人かは、軍事侵攻後、しばらくは俳句を詠めなかったと語っています。しかしまた、そんな中で詠まれた俳句の一つひとつの言葉には、いまのロシアに生きる普通の人たちの戸惑いや大きな不安、恐れが満ちています。

最初、軍事侵攻をフェイクニュースだと思ったが、事実だと知り打ちのめされたと語ったベーラさんの「特別軍事作戦　サラダに油　少なめに」の句には、先行き不安な気持ちがストレートに表現され、日常生活が巻き込まれていく危機感が表現されています。

「二月　川面に穴　ルーシの水すべて黒し」という俳句を詠んだオレクさんは、「なんとなく不幸の予感はありました」、「もしかすると数十年間、私たちはすべきではないことをしてきたというような感覚があります。数十年にわたる背景があり、これはただその結果です」と語りました。

今回、俳句を詠んだロシアの俳人たちは五十代から七十代です。社会主義国家ソ連に生まれ育ち、祖国が崩壊し、その後の新生ロシアで新たな人生を築いてきた人たちです。私自身、ほぼ彼らと同じ時代を生きてきました。彼らが生きてきたロシア社会はどのようなものだったのでしょうか。どんな喜びや悲しみをこめて俳句を詠み続けてきたのでしょうか。軍事侵攻についての俳句はどのような背景の中で詠まれたのでしょうか。今回の戦争に至るまでのロシアが歩んできた歴史を振り返ってみます。

ウクライナの独立とプーチン政権の誕生

一九七〇年から六年間、私はソ連に留学していました。当時はウクライナもロシアもソ連という一つの国でした。ウクライナ人だとかロシア人だとか考えたことはありません。その境界線は県境のようなものだったのです。ソ連が崩壊したとき、ソ連を構成していた一五の共和国が独立しましたが、ウクライナとロシアが後に戦うことになるとは夢にも思いませんでした。ロシアの俳人たちも同じ気持ちだったでしょう。

一九九一年、ウクライナは独立します。地理的にロシアと西欧に挟まれた独立後のウクライナでは、政権が目まぐるしく変わりました。

現在、ウクライナにおけるロシア人は一七パーセントとなっていますが、ウクライナの東部は歴史的にロシアに近く、ロシア系住民も多く住んでいました。一方で、ウクライナ西部には親ヨーロッパの人たちが多く住んでいました。言語も、東部ではロシア語、西部ではウクライナ語が多く話されていました。

二つに分かれた社会は不安定で、格差は拡大し、経済的にもGDP一人当たり約三七〇〇ドルとEUの十分の一という苦しい状態が続きました（二〇二〇年）。

一方、ロシアでも、ソ連崩壊後の一九九〇年代のエリツィン政権下では、社会主義から資本主義への急転換で大混乱が生じていました。オリガルヒと呼ばれる財閥が誕生、経済格差が広がり、食べるものにも窮する状態でした。

こうした状況で、二〇〇〇年に誕生したプーチン政権は、オリガルヒを追放し、基幹産業を政権のもとに置くことで社会の安定化を図ります。石油価格の高騰という恩恵もあり、国民のプーチン支持は盤石のものとなっていきました。

マイダン革命とクリミア

そんな中でロシアとウクライナの関係を根底から揺るがす事件が起こります。二〇一四年、マイダン革命です。

ウクライナでのEU加盟を望む市民を中心とした運動の高まりにより、親ロシアのヤヌコヴィッチ政権が倒され、親ヨーロッパのポロシェンコ政権が誕生します。

それに反対するウクライナ東部の一部の地域では、行政府を占拠して、ドネツク人民共和国とルガンスク人民共和国を名乗ります。ロシアは彼らを支援しました。それを許さないウクライナ政府軍との間に戦闘が勃発、その後戦闘は八年間続き、約一万四〇〇〇人が亡くなりました。当初、フランス、ドイツなど西側諸国は解決を試みたものの、停戦には至らず、紛争状態は放置されてきました。

ウクライナでの戦闘はいまにはじまったのではなく、二〇一四年から続いていました。プーチン大統領は今回の侵攻直前の演説で、ウクライナ東部でロシア系住民がジェノサイドにあっていて、彼らを救うために侵攻すると理由づけしています。このウクライナ東部での八年にわたる戦闘がもっと早く解決されていたら今回の侵攻はなかったでしょう。

また、二〇一四年のマイダン革命直後、ロシアはクリミアに侵攻、ロシアに併合します。これをロシア国民の多くが支持し、プーチン大統領の支持率は上昇します。

クリミアはロシアにとって特別な意味を持っています。

ソ連時代から、ロシア国民の誰もが憧れるリゾート地であり、子ども時代や青春時代に訪れた人も多い思い出の地です。ウクライナが独立した後のクリミアではロシア系住民が六割近く、ロシア語母語者は八割近くを占めていました（二〇〇一年のウクライナ国勢調査による）。

バレンチナさんのインタビューにあるように、ロシアには〈私たちのクリミア〉と思っている人が多くいます。しかし、ロシア国民のクリミアへの愛着がどれほど強いものであったとしても、ロシアのクリミア侵攻は国際法で許されない蛮行です。実際そう判断してクリミア侵攻に反対したロシアの人たちもいます。

クリミアへの侵攻はロシア国内に政治的分断をもたらすことになりました。

オレクさんの句、「ロシア世界　家庭の出合いは　前線に」は、この国民の間の分断を詠んだものです。

そしてそれは、今回の軍事侵攻よりずっと前の二〇一四年からの一連の出来事からはじまっていたと、オレクさんは語っています。

そして今回の侵攻によりますます国民の分断は拡大していったのです。

ロシアに暮らす私の友人の中にも、この侵攻の是非をめぐって友人や家族と対立し、関係が壊れて孤独に悩む人がいます。

ロシア国営タス通信は、二〇二二年一月から九月までの抗うつ剤購入額が前年の同時期に比べて七〇パーセントも増えたと伝えています。

戦争が社会の中に、そして家族の中にさえ修復できない分断を生んでいく、これも戦争の持つ残酷な側面です。

NATOの東方拡大への反発

ソ連崩壊後、欧米の軍事同盟ＮＡＴＯは東へと拡大を続けました。加盟国はソ連崩壊時には一六か国でしたが、二〇二二年には三〇か国まで増えています。ウクライナ政府もＮＡＴＯへの加盟を目指しました。

二〇〇八年、ブカレストでのＮＡＴＯ首脳会議において、アメリカのジョージ・Ｗ・ブッシュ大統領は、フランスとドイツが、地域を不安定にすると反対する中で、ウクライナのＮＡＴＯ加盟を正式提案します。それにロシアは猛反発しました。

また、アメリカはウクライナ領内での西側の軍事拠点化を進め、二〇一九年には、ウクライナに対戦車ミサイルシステムを配備します。ロシアはこれを大きな脅威ととらえました。プーチン大統領は、西側はレッドラインを越えたと非難します。緊張は極限まで高まっていました。

ロシアは力を盲信する軍事大国です。そのような理不尽な隣国と国境を接するウクライナ、ウクライナの人たちの現在置かれた状況は本当に悲惨です。いま、欧米は武器支援をしても、兵士を送ることはせず、第三次世界大戦への拡大を危惧して、ウクライナがロシア本土を攻めることは回避しようとしています。確かにＮＡＴＯとロシアとの戦争は、地球にとって致命的なことでしょうし、それだけは避けなければなりません。

それではウクライナはどのように、いつまで戦わなければならないのでしょう。孤軍奮闘し、戦いは終わりが見えません。そして命は日々失われています。「最後まで戦う」という追い詰められたウクライナの人たちの言葉はとても悲痛なものです。最も大切なものは命。そして奪われるのは、戦いを決めた人の命ではなく、普通の人たちの命です。

ロシア国内の言論統制とユーラシア思想

約二十年のプーチン大統領の長期政権下、ロシアでは言論への圧力が次第に強まっていきました。大手テレビ局は政権下に置かれ、そこでは西側の脅威が頻繁に報道されました。

「私たちは狙われている、いつミサイルが飛んでくるかわからない」という恐怖が市民の中に浸透していきました。

また、この頃から、オレクさんの句にある「ロシア世界」や、レフさんの語る「ユーラシア主義」という言葉がメディアで頻繁に使われるようになります。

ソ連崩壊直後は、ゴルバチョフ大統領が提唱した「ヨーロッパの共通の家」というスローガンが叫ばれました。それは、ヨーロッパでの西側と東側の分断を解消し、ロシアは民主主義の価値観を受けいれ、ヨーロッパと一つの共同体を目指すというものです。NATOに相対したワルシャワ条約機構は解体されました。しかしNATOが東へ拡大するのにともない、西側が依然としてロシアを敵国としてとらえていることへの反発が、ロシアで次第に募ってきました。

ロシアにはロシアの世界観があり、その広大な影響圏があるというロシア至上主義のイデオロギーが喧伝され、プライドを傷つけられたロシアの人びとに受け入れられはじめたのです。ロシアの伝統的習慣やロシア正教に基づいた暮らしが奨められるようになり、LGBTQなど性の自認は欧米の間違った考え方で、ロシアの価値観とは相容れないと否定されるようになりました。一度は否定したソ連に対しても、ソ連ノスタルジーのようなものが、年配者を中心に広まっていきました。

とはいえ、まだ『ノーバヤ・ガゼータ』紙（二〇二一年に編集長のドミトリー・ムラトフがノーベル平和賞受賞）や、独立系テレビ局「ドーシチ」などは存在しており、人びとは政権とは違う見解にもアクセスすることができました。

ところが、二〇二二年二月二十四日の軍事侵攻後、すべての反体制メディアは閉鎖されました。反体制メディアは海外に拠点を移すことを余儀なくされています。

三月には言論に関する新しい法律、「軍の活動に関しての虚偽情報法（フェイクニュース法）」が成立。当局が虚偽と見なした情報を流した記者らに、最大一五年の禁固刑が科せられることになりました。

今回の軍事侵攻は「特別軍事作戦」と命名され、「戦争」と呼ぶことはできなくなりました。侵攻直後に国内で起きていた反戦デモや集会でも多くの人びとが拘束され、現在では大規模な反戦活動はできなくなっています。そして言論への統制は緩むことなく、現在も続いています。

言論統制への反発の歴史

しかし人びとの言葉をすべて封じることはできません。ひっそりと、でも確実に、自らの思いを言葉に託す人たちが存在しています。ロシアでは歴史的にも芸術や文化の力が大きく、政権はその力を恐れてきました。

古くは一九世紀の帝政ロシア時代から、かの文豪レフ・トルストイは第二の皇帝と言われるほど国民の信頼を得、社会のオピニオンリーダーでした。

日露戦争の際にも、トルストイは世界に向けて反戦の言葉を発しました。

また戦争だ。また誰にも必要のない苦しみだ。人間の野獣化だ。かたや殺生を禁じられている仏教徒、かたや友愛を旨とするキリスト教徒。双方が野獣のように殺し合う。皇帝は軍隊を閲兵し表彰し、新聞は恥知らずの敗北を勝利だと偽っている。日本においても同様だ。兵士は戦闘を止め、新聞はこの扇動をやめ、絶望から脱却しよう。不幸な両国の国民たちは家族から引き離され苦しんでいる。無慈悲で神を恐れぬ皇帝や大臣、記者、投資家たち、お前たちが砲弾の中に行け。だが我々はごめんだ。行きはせぬ。

〈論文「日露戦争論」〈第一章　知識人の欺きと誘導〉〈第五章　我は火を地に投げ入れん〉より抜粋。拙訳〉

現在にも響く言葉ですが、皇帝はトルストイを監視下におき、ロシア正教会はトルストイを破門にしました。それでも、トルストイの戦争反対、非暴力の声は世界中に広まり、インドのマハトマ・ガンディーなどに引き継がれていきました。

ソ連時代に入ると、言論統制はますます厳しくなり、特にスターリン時代の言論弾圧は苛烈を極めました。しかし粛清の嵐の中でもセルゲイ・エイゼンシュテイン監督はスターリンから発注された映画『イワン雷帝』の中に政権批判を織り込もうとしましたし、作家のアレクサンドル・ソルジェニーツィンは自らの収容所体験を綴った『収容所群島』を命懸けで記して国外で出版しました。

今回の戦争についても、現代ロシアを代表する作家であるボリス・アクーニンやリュミドラ・ウリツカヤなど多くの作家たちが反戦の声を上げています。

「現在進行中の歴史」の中で語られる言葉

そして本書に登場する俳人たちも、数々の制約の中で、どうにかしていまの思いを伝えようとしています。

ニコライさんの句には「簡単な言葉　私たちの間に　春の小川」とあります。

彼は、「人びとが、お互いを尊敬し共通の話題を見つければ、複雑で高尚な言葉は要らず、簡単な言葉で十分なはずです」「俳句はそもそも繋ぐものだと、私は思います」と、言葉でわかりあうことの大切さについて語っています。この長引く戦争の中では、儚い希望かもしれませんが、それが普通の市民の心からの願いでしょう。

戦争は、善と悪の戦いという二元的な見方で語られることが多いのですが、世界はもっと、ずっと複雑です。お互いの声を聞くことからしか解決の道は見つけられません。

また、戦争の真実を私たちが知ることが、いまほど切迫して求められる時代はありません。

戦争がある日突然起きる恐ろしさを、今回身に染みて思い知らされました。

日本でも戦争は、八十年も前に起こった父母や祖父母の時代の話ではなくなるかもしれません。第二のウクライナは、そこここにあります。

「俳句で救われることはありません」「現在の状況では、私の俳句や創作は、何かを変えるのには無力です」と語るベーラさんの言葉は、リアルで説得力のあるものです。しかし、それでも俳人たちは言葉を紡ぎ続けています。

ナタリアさんの句には「生きてます　息子の手紙　光跳ね」とあります。

もう誰も死んでほしくない――世界の人びとが同じ思いなのではないでしょうか。


この俳句とインタビューを本にまとめることについて、俳人の一人はこう語りました。

「いま、世界がロシアを敵視している中で、私たちの小さな声を伝えてもらえることをうれしく思います。これは私たちの現在進行中の歴史です。誰も幸せにならない、ロシアにとっても不幸な戦い、残さなければならない歴史なのです」


最後にこの本を手に取っていただいた方々に心よりお礼申し上げます。

また番組制作の山口智也ディレクター、村井晶子・梅原勇樹プロデューサー、編集の西條文彦氏、カメラマンの富永真太郎氏、他スタッフ各位、取材にご協力いただいた蛭田《ひるた》秀法《ひでのり》氏、翻訳にご協力いただいた佐藤仁美《よしみ》さん、ありがとうございました。

何より、インタビューに答えていただいたロシアの俳人の方々に厚く感謝申し上げます。

そして、出版に際して伴走してくれた編集者の原島康晴さんに深く感謝申し上げます。

二〇二三年二月二日

馬場朝子

晴れた朝　君の魂　天国へ
Солнечное утро все ближе к небесам твоя душа

TV ニュース　傷ついた魂が　歌を乞う
ТВ новости раненая душа песни просит

タンポポの綿毛　風と競う　ひ孫の駿足
Одуванчиков пух наперегонки с ветром быстроногий правнук

レフ

長い崎　小枝の火と　飛行機に沈む
Длинный мыс тонет ветвями деревьев огнём и самолётом

広い島　漁師のパイプ　岸辺に煙
Широкий остров рыбак курит трубку но дым на берегу

港のマスト　つり糸眺む　サメはどこ
Смотрю на леса мачты набились в порту где же акула

藁の上の猫に　成功の笑み　ほら魚がかかった
Коту на сене улыбнётся удача вон рыбка клюёт

瓶の魚　岸辺の絶景　海を乞う
Рыбки в банке прекраснейший вид на берег хочется море

ベーラ

祖母と孫　一つの　コーンアイス舐め
Бабушка с внуком из одного стакана лижут мороженое

低音の　弦の陽光　粉雪舞う
Играют снежинки на струнах лучах басистого солнца

夫と妻　触れることなく　暮らす日々
Муж и жена живут не касаясь друг друга изо дня в день

特別軍事作戦　サラダに油　少なめに
Военная спецоперация поменьше лью масла в салат

子ら巣立つ　窓まで届きし　ライラック
Разъехались дети дотянулись до окон цветы сирени

流氷を　貪欲に運ぶトミ川　最後の雪
Ледоход жадно уносит Томь последний снег

二月　川面に穴　ルーシの水すべて黒し
Февраль на реке промоина на Руси вся вода черна

母は息子のもとへ　ウクライナの地に　頭垂れ
Только и останется матери ездить к сыну на поклон украинской земле

夜　見えぬ闇に沈みし　神への問い
Ночь вопросы к Богу тонут в непроглядной тьме

壊れた家　誰がために咲く　向日葵は
У хаты разбитой растёт подсолнух ни для кого

たんぽぽに青い空　至る所に　ウクライナ
Жёлтые одуванчики синее небо Украина повсюду

ロシア世界　家庭の出合いは　前線に
Русский мир домашние встречи на линии фронта

ロシアの春　知人の服の　血痕に気づく
Русская весна на одежде знакомых замечаю пятна крови

この春　ロシアの真実は　心の中だけ
Этой весной в России правду можно сказать только себе

五月九日の夜　自転車急ぐ　町のディスコ
Вечер 9 мая спешит велосипедист в центре города дискотека

夕刻に　柔らかき雪　核の灰のごと
Падает вечером мягкий снег будто ядерный пепел

鳩よ　何がお前を引き留めぬ　私は遠き国へ
Голубь что держит тебя в этом доме улечу я в дальние страны

動員見送り　半数は笑い　半数は号泣
Мобилизация проводы половина смеются половина рыдают

森に建つ　あばら家空に　届くよう
Убогую хижину строю в лесу пусть небо она достанет

秋の森　見つけた私　一匹の蚊
В пустынном осеннем лесу нашел меня все ж одинокий комар

イリーナ

静寂の沈黙　中国人形　こっくり頷く
Молчание чищены только кивает головой китайский болванчик

星の夜　ドミノの駒は　燻製魚の匂い
Звёздная ночь пахнут копчёной рыбой кости домино

早春に　地下鉄の老人　ドア押さえ
Начало весны старик в метро придержал дверь

ニコライ

遠い戦争　蚤の市に　針一本の時計
Далекая война на блошиных рынках часы с одной стрелкой

簡単な言葉　私たちの間に　春の小川
Простые слова между нами весенний ручей

引き潮や　生命線に　貝を置く
Отлив на линию жизни кладу ракушку

川 幼き日　流れに反し　雲泳ぐ
Река детство против течения плывут облака

バレンチナ

俳句の囁き　芭蕉の耳打ち　希望湧く
Кто-то нашептал хайку подсказка Басё надежда согревает

雷鳴や　乾いた雷雲　誰も潤さず
Раскаты грома не напоят никого сухая гроза

広島の翼の陰　怒れる愚者が　地球を揺らす
В тень крыла Хиросимы охвачен гневом катит безумец землю

文化キャンセル　昇る日なき地　夜に沈む
Культуры нет отмена аннулируй восходы земля погрузиться в ночь

心拍異常 轟音　すべて粉砕　戦争の歯ぎしり
Сбой сердечного ритма грохот розг скрежет зубы войны дробят всё

オレク

冬の夜　天地創造よりの　暖炉の火
Зимняя ночь огонь в печи от сотворения мира

俳句一覧

ナタリア

命満つ　弾痕の隅　少年は弾筒で遊ぶ
Всюду жизнь мальчишки играют в гильзами на краю воронки

国境の列　避難の少女に　サボテンの鉢
Очередь на границе у девочки беженки горшок с кактусом

不整脈　『戦争と平和』　中頁開く
Аритмия раскрыты посередине «Война и Мир »

不眠症　すべて一つの　雫の音
Бессонница всё об одном и том же звук капели

平和の鳩何処　砲弾に焼けた空　太陽沈む
Где голубь мира в зарево от снарядов заходит солнце

戦闘後　焼けた白樺に　カラスの沈黙
Конец боя на сгоревшей березе молчит ворона

鳥桜　枝に平和の　日々凍る
Время черёмуха замерзают на ветках мирные дни

生きてます　息子の手紙　光跳ね
Письмо от сына прыгает на буквы я жив солнечный зайчик

鐘の音　ベランダポーチに　ミントの香
Колокольный звон на крыльце веранды запахи мяты

古い別荘　祖父の仕事台に　雑草茂る
Старая дача зарастает бурьяном верстак деда

アレクセイ

月の光　枕下に　大蒜ひと粒
Лунный свет кладу под подушку чесночный зубок

ペイントボールの痣　長く見つめたら　別の惑星
Другая планета если долго смотреть на синяк от пейнтбола

木の匂い　強風後が　一番強い
Запах деревьев сильнее всего после урагана

モスクワの残雪の上に書かれた「戦争反対」の文字。
弾圧の中でも反戦を訴える市民がいる。
2022 年 3 月

ETV特集「戦禍の中のHAIKU」

●朗読・語り＝髙橋美鈴
●声の出演＝81プロデュース
●取材協力＝蛭田秀法
●撮影＝富永真太郎
●音声＝鈴木彰浩・野島生朝
●映像技術＝北村和也
●映像デザイン＝橋本麻江
●CG制作＝重田佑介
●リサーチャー＝高澤圭子
●音響効果＝日下英介
●編集＝西條文彦
●ディレクター＝山口智也・馬場朝子
●制作統括＝村井晶子・梅原勇樹

馬場朝子（ばば・ともこ）

1951年熊本生まれ。1970年よりモスクワ国立大学文学部に6年間留学。

帰国後、NHKに入局、ディレクターとして番組制作に従事。「スターリン　家族の悲劇」「トルストイの家出」「ロシア　兵士たちの日露戦争」「未完の大作アニメに挑む―映像詩人ノルシュテインの世界」「揺れる大国　プーチンのロシア―膨張するロシア正教」などソ連・ロシアのドキュメンタリー番組を40本以上制作。

退職して現在はフリー。

著書に『タルコフスキー―若き日、亡命、そして死』（青土社）、『低線量汚染地域からの報告―チェルノブイリ26年後の健康被害』（共著NHK出版）、『ロシアのなかのソ連―さびしい大国、人と暮らしと戦争と』（現代書館）など。

訳書に『銀色の馬』『ヤドカリとバラ』（新読書社）など。

俳《はい》句《く》が伝《つた》える戦《せん》時《じ》下《か》のロシア

ロシアの市民、8人へのインタビュー

2023年 3月10日　第1版第1刷発行

編訳者　馬場朝子
発行者　菊地泰博
発行所　株式会社現代書館
〒102-0072　東京都千代田区飯田橋3-2-5
電話 03-3221-1321　FAX 03-3262-5906
振替 00120-3-83725
http://www.gendaishokan.co.jp/

印刷所　平河工業社（本文）
東光印刷所（カバー・表紙・帯・扉）
製本所　積信堂
装　丁　桜井雄一郎
写　真　大木茂（カバー）
地　図　ソネタフィニッシュワーク

©2023 BABA Tomoko & NHK. Printed in Japan

ISBN978-4-7684-5934-8
定価はカバーに表示してあります。
乱丁・落丁本はお取り替えいたします。

本書の一部あるいは全部を無断で利用（コピー等）することは、著作権法上の例外を除き禁じられています。ただし、視覚障害その他の理由で活字のままでこの本を利用できない人のために、営利を目的とする場合を除き、「録音図書」「点字図書」「拡大写本」の製作を認めます。その際は事前に当社までご連絡下さい。また、活字で利用できない方でテキストデータをご希望の方はご住所・お名前・お電話番号・メールアドレスをご明記の上、左下の請求券を当社までお送り下さい。

活字で利用できない方のための
テキストデータ請求券
『俳句が伝える戦時下のロシア』

現代書館の本

ロシアのなかのソ連
さびしい大国、人と暮らしと戦争と
馬場朝子

なぜ、ロシアは孤立してしまうのか。大陸のど真ん中にあって、周辺国とうまくやれないのはどうして？　高校卒業後、ソ連・モスクワ大学に6年間留学し、NHKで40本以上のソ連・ロシア関係の番組を制作してきた、日本で指折りのソ連・ロシアウオッチャー馬場朝子さんに自身の体験や現地で暮らす人の言葉をとおして案内してもらいます。

四六判並製／192ページ＋口絵8ページ（カラー）／1800円＋税